NOITE EM PIGALLE

Outra obra do autor publicada pela Editora Record

Boca a boca

SIMON LANE

NOITE EM PIGALLE

Tradução de
ROBERTO MUGGIATI

EDITORA RECORD
RIO DE JANEIRO • SÃO PAULO
2007

CIP-Brasil. Catalogação-na-fonte
Sindicato Nacional dos Editores de Livros, RJ.

L257n Lane, Simon, 1957-
        Noite em Pigalle / Simon Lane; tradução de Roberto
     Muggiati. − Rio de Janeiro: Record, 2007.

        Tradução de: Fear
        ISBN 978-85-01-07599-4

        1. Ficção erótica − Autoria − Ficção. 2. Ficção inglesa.
     I. Muggiati, Roberto, 1937- . II. Título.

                            CDD − 823
07-0904   CDU − 821.111-3

Título original inglês:
FEAR

Copyright © 1998 by Simon Lane
Copyright da tradução brasileira © 2007 por Editora Record Ltda.
Publicado mediante acordo com Bridge Works Publishing, New York, USA.

Todos os direitos reservados. Proibida a reprodução, no todo ou em parte,
através de quaisquer meios.

Direitos exclusivos de publicação em língua portuguesa somente para
o Brasil adquiridos pela
EDITORA RECORD LTDA.
Rua Argentina 171 − 20921-380 − Rio de Janeiro, RJ − Tel.: 2585-2000
que se reserva a propriedade literária desta tradução

Impresso no Brasil

ISBN 978-85-01-07599-4

PEDIDOS PELO REEMBOLSO POSTAL
Caixa Postal 23.052
Rio de Janeiro, RJ − 20922-970

EDITORA AFILIADA

Eu olho para o mar, para o céu, para o que é
ininteligível e distantemente próximo.

Henry Miller, *Trópico de Câncer*

O sorriso dele esticou sua pele até a orelha
como saias de cetim levantadas
numa calçada chuvosa.

Zelda Fitzgerald, *A Couple of Nuts*

PARTE I

1

Vagamente, vagamente
O dia rompe na baía de Akashi;
E na névoa da manhã
Meu coração segue um navio que desaparece
Ao passar atrás de uma ilha.

Estou olhando para uma tela em branco. Bem, branco talvez não seja a palavra correta. Os franceses diriam *vide*, mas não é correto também. *Vide*, como qualquer um que ficou sem combustível lhe dirá, significa vazio, mas também significa o vácuo. Yves Klein falava sempre do *vide*, quando não estava se atirando nele. Era um bom artista e morreu cedo. Chegou a viver no Japão. Será que ele também gostava de haicais?

A tela não está vazia nem é um vácuo, mas você poderia facilmente descrevê-la como *vide* sem maiores problemas. É possível se safar com muita coisa em francês. É uma língua generosa com o significado e bem menos com a veracidade. Isso tem suas vantagens e suas desvantagens, como tudo mais.

O computador está desligado, é claro, por isso o vazio da tela simplesmente indica o seu *desligamento*. Na verdade, está muito longe do vazio. Sua falta de vazio vem do seu reflexo e da massa de hardware atrás da tela e à sua volta. Vem também da minha imaginação, que permite o aparecimento de contornos e formas como se emanassem das próprias profundezas do seu ser. É um clichê sugerir que uma máquina tem uma alma, mas nada tenho contra clichês, ainda que seja um pouco preconceituosa quando se trata de computadores.

Naturalmente, meu reflexo aparece na tela. Estaria sendo vaidosa ao sugerir que alguns homens me acharam atraente? É bem provável. Meus olhos são um pouco castanhos demais, um pouco escuros demais, raramente cintilam, e, no entanto, são estranhamente reflexivos sob a iluminação certa e após não mais do que dois coquetéis. A estrutura facial é forte, no todo, um tipo agradável de perfil, o que é descrito como uma boca polpuda, lábios generosos, geralmente realçados com Cherries in the Snow, um nariz respeitosamente bem proporcionado e orelhas sobre as quais ninguém escreveria uma carta (mas quem jamais chegou a escrever uma carta sobre uma orelha?). Belo pescoço, é o que me dizem.

Encontrei o livro de haicais na minha mesa. A gaveta é muito funda, e só depois de alguns dias eu o notei. É um livro velho, e a lombada está rachada. Foi aberto no haicai de Fujiwari no Kintō sobre a baía de Akashi, e depois que o li não pude tirá-lo da cabeça.

Posso ver um pincel pairando no espaço, cheio de tinta. Posso ver a mão do mestre descendo, sua cabeça inclinada, uma mecha de cabelo sacudindo levemente, como se soprada por uma brisa súbita. O momento é pinçado de um milhão de outros antes e depois dele; é isolado, congelado, trazido em close-up e mantido assim por tanto tempo quanto eu desejar, enquanto o tempo evapora, perdido em meio ao facho de luz visto agora acariciando a testa do mestre. O mestre vira-se em minha direção, e sinto o peso daqueles olhos enxergando através de mim. Ouço sua voz ao longo de mil anos de anseio, metamorfoseada num tipo tão cinza, num papel tão marrom, tão quebradiço, receio que a página possa quebrar se eu apertá-la demais com os dedos. Sei que o que vejo no papel é apenas a superfície, apenas o sinal exterior de algo irremediavelmente profundo. Por que irremediável? Porque sei que só o entenderei quando tudo tiver sido revelado a mim.

Um matiz amarelado emana da página, um espírito perdido, um coração seguindo um navio que desaparece ao passar por trás de uma ilha e fico esmagada por aquilo, sou levada para algum lugar distante, apanhada na névoa do amanhecer. Fecho os olhos por um segundo e deixo que a luz do sol forme um halo alaranjado onde estava o horizonte, um pano de fundo apropriado ao pensamento distante. Estou num lugar diferente agora, uma cidade cheia de barulho e movimento e luzes bruxuleantes. E então eu me afasto.

É hora de trabalhar.

2

Fizeram uma experiência com aranhas, disse Fear. Injetaram nelas diferentes substâncias, como álcool, nicotina e outras drogas. E então esperaram para ver que tipo de teias elas iriam tecer.

Fear estava de pé no bar, tomando um pastis e tragando um cigarro. Na extremidade do balcão, estava uma jovem com um livro aberto bem na metade e um copo de cerveja, parcialmente obscurecida por um velho remexendo umas moedas, transferindo-as de uma mão para a outra como se tentasse, de certa forma, aumentar o seu valor.

Fear esmagou o cigarro no chão. E olhou para a garota no fim do bar. Era pequena e um tanto comum, e tinha um sorriso malicioso. Sempre sorria para Fear, desde o primeiro dia. Era o tipo de sorriso que sugeria que ela sabia tudo a respeito dele, tudo o que havia para saber. Poucas vezes conversavam — na verdade, esta manhã foi a primeira vez que ele arriscou uma anedota. Geralmente ela lhe perguntava por que estava sempre triste.

Não estou triste.

Não acredito em você.

Não há muito em que acreditar, respondia ele.

Fear morava num pátio interno. O lugar estava cheio de gente falando línguas diferentes — francês, espanhol, árabe, até sueco. No calor de julho, com as janelas abertas, um zumbido contínuo de conversas ecoava por todo o edifício, diálogos de amor e ódio que rompiam os breves períodos de silêncio do verão. Não havia muito tempo que morava ali, mas já tinha percebido um ritmo nos sons e movimentos daqueles com os quais compartilhava esse canto de Paris.

Seu quarto ficava no segundo andar de uma velha oficina. Não era grande coisa. Uma cama, uma mesa, tinta descascando das paredes e manchas dos inúmeros vazamentos de água do apartamento de cima e da chuva que havia se infiltrado através da pedra espessa e antiga do edifício.

Fear não tinha um tostão. Nem sempre fora assim. Mas era agora. Na verdade, estava endividado. Até Harm o havia ajudado, e Harm nunca tivera dinheiro. Harm, o vigarista.

Então, que tipo de teia você está tecendo? perguntou a garota do outro lado do balcão.

O quê?

Que tipo de teia?

Não sei. Vou ter de esperar para ver.

Esperar para ver?

Sim. Esperar para ver. Era como minha mãe chamava pudim de arroz. Nós lhe perguntávamos qual era a sobremesa, e ela dizia, vamos esperar para ver. E esperar para ver era sempre pudim de arroz.

A garota olhou para Fear intrigada e sorriu de novo.

É só uma história. Uma história para contar a uma garota que sorri com malícia. Como você.

Eu sorrio com malícia?

Sim. É o tipo de teia que você tece.

Você é estranho. Ou, pelo menos, gosta de parecer estranho. Mas provavelmente não é nada estranho. A única coisa estranha em você é que está sempre triste. Mesmo quando conta uma história engraçada.

Isso não é estranho. Dê-me um pastis. E tente fazer mais do que molhar o copo com a bebida quando servir desta vez.

A garota sorriu de novo, enquanto servia o pastis. E Fear retribuiu o sorriso. Ela sabia que Fear sorria por causa do jogo que faziam, para ver quanto pastis ela colocaria no copo, mas ela não se importava. Na verdade, divertia-se com aquilo. Pegou a garrafa, inverteu-a pela metade e serviu mais algumas gotas. Então parou, como se alguém tivesse decidido tirar uma foto sua.

Nada mais?

Nada mais, disse ela.

Nem mesmo a saideira?

Isso, nem mesmo!

Fear tomou o copo das mãos dela e acrescentou água de uma jarra. Viu o pastis mudar de cor, de um verde-escuro reflexivo para uma cor leitosa que não podia bem definir. Bebeu então o pastis em silêncio, deixou uma moeda de dez francos no balcão e saiu.

3

Todo mundo se move em círculos. Se você é cauteloso e tem o tempo em suas mãos — para matar, conforme o ditado —, então você poderia traçar as configurações circulares daqueles que se movem dentro dos limites deste lugar. Tempo, espaço e distância tornam-se elementos a serem manipulados, partes de um esquema maior, só percebido com a ajuda da imaginação. Todo mundo tem uma imaginação. É a única coisa que nos faz iguais, isto é, além do dinheiro.

O pastis havia levantado o moral de Fear, e assim, em vez de pensar no dinheiro que não tinha, ele se viu ponderando sobre outras questões, as abstrações que ocupam a mente enquanto as pernas caminham e a cabeça voa nas alturas. Tudo lhe veio ao caminhar a passos largos pela calçada, e sentiu-se sublimemente anônimo, envolto num halo de sua própria insignificância peculiar.

Fazia calor. Calor como não fazia havia anos. Os jornais comentavam sobre há quanto tempo fizera tanto calor. Devia estar mesmo quente, porque os franceses geralmente não escreviam artigos sobre o tempo. Os ingleses escreviam artigos sobre o tempo porque ele sempre os apanhava de surpresa. Fear tinha deixado a Inglaterra muitos verões atrás, mas ainda podia rever em sua mente as manchetes dos jornais queixando-se do calor e da falta d'água. Como podia um país que produzia tanta chuva produzir tão pouca água para todo o mundo? E como era estranho que encarasse a Inglaterra como um outro país, quando era seu próprio país.

O calor era intenso. Fazia-o suar. Pegadas podiam ser vistas na calçada onde o asfalto fora colocado recentemente, e ele parou quando viu um bilhete de loteria grudado na massa. Arrancou o bilhete do asfalto e observou-o por um momento antes de enfiá-lo no bolso superior.

Caminhou ao longo da rua, pensando sobre o bilhete de loteria, o calor e as mulheres que havia amado, pensando sobre seus rostos e a maneira como tinham feito amor. Pensou na garota da América que certa vez pintara seu corpo com calcário molhado na praia perto de Brighton, na garota italiana que cravara as unhas em suas costas e o fizera sangrar quando penetrou nela e na garota que certa vez ele pegara num bar e que lhe havia pedido para amarrá-la.

Dói?

Não se você precisa perguntar.

Ao passar por outras pessoas na rua, perguntava-se o que estariam pensando e concluiu que todas estavam pensando na mesma coisa. É só nisso que todas as pessoas pensam, disse a si mesmo. Somos todos vítimas do desejo, e não há nada que possamos fazer a respeito. Raramente discutimos a questão, que a maioria de nós guarda para si mesmo, embora a cidade esteja carregada de nossos monólogos, todos baseados no mesmo tema, enchendo o ar acima de nossas cabeças.

Olhou para o relógio. Estava atrasado para o encontro marcado no banco. Isso o deixou nervoso, porque houvera uma mudança de gerentes. O gerente anterior chamava-se Pires e tinha vindo de Portugal. Fear conseguira conquistá-lo falando com ele em português e aludindo à melancolia avassaladora e monocromática da capital do seu país, ao mesmo tempo exaltando as virtudes da música do fado que, na verdade, ele detestava. Os portugueses que se mudam para a França nem sempre gostam de ser lembrados de suas origens, mas esse homem era diferente e via com simpatia os arranjos financeiros de Fear, nunca se queixando quando estourava a sua conta. Deu-se até ao trabalho de emprestar a Fear um CD de fado. E Fear deu-lhe um livro em troca.

Você é um poeta, Fear. Um anacronismo num mundo trivial. Nosso melhor poeta do século, Fernando Pessoa, também tinha dificuldades financeiras de tempos em tempos. O que nos leva a pensar se era por isso que ele, de vez em quando, se vestia de mulher.

Fear conseguira, por um tempo, pelo menos, manter um mínimo controle sobre suas finanças. Várias oportunidades de trabalho se apresentaram. Havia até trabalhado no bar de Harm à beira do rio em certa ocasião, mas estava claro que não poderia recorrer mais a Harm por causa do dinheiro que lhe devia. E não havia mais trabalho em outro lugar.

A nova gerente chamava-se Madame Jaffré e falava francês com um sotaque americano. Fear tomou o assento que lhe foi oferecido e começou a explicar-se, dizendo que era um poeta e que não ganhava dinheiro com seu trabalho.

Como é possível isso? Perguntou ela, em inglês. Deve ser um bom poeta. Parece inteligente. Não posso imaginar uma pessoa como você investindo tempo em algo a não ser que seja bom nisso. Eu não faria esse trabalho a não ser que fosse boa nisso.

Mas a senhora é paga, Madame.

Sim. Sou paga. Mas isso não é algo que eu necessariamente quero fazer. Você faz algo que quer fazer. Não pode ter tudo.

Não é possível ser pago fazendo algo que a gente quer fazer?

É possível. Mas não é acidental. O que eu quero dizer é que não é algo dado de presente.

Entendo.

E sobre o que escreve?

Difícil dizer. Coisas diferentes. Pessoas, principalmente. Temos clientes que são escritores. E atores. O senhor interpreta?

Posso interpretar. Fiz uma porção de coisas. Coisas demais.

No entanto escrever o mantém endividado.

Poderia dizer que isso é verdade, sim.

Eu não disse isso, falou Madame Jaffré. Você disse.

Eu disse?

Dei uma olhada na sua ficha. Vejo que fez um acordo com Monsieur Pires para pagar seu saldo devedor em prestações mensais.

Sim, isso é correto.

Devem existir meios de ganhar dinheiro para o senhor. Sabia que estão escolhendo o elenco no momento para *O Marquês de Sade*?

Não, não sabia.

Um de meus clientes me contou hoje de manhã.

O Marquês de Sade?

Talvez pudesse haver algo para o senhor?

Estou escrevendo no momento.

E por que não escreve algo comercial?

Comercial?

Sim. Comercial. Um romance erótico, talvez.

Fear olhou para Madame Jaffré. E Madame Jaffré devolveu o olhar para Fear, a insinuação de um sorriso vincando seus lábios. Nesse meio tempo, ela continuou, vou ter de recolher o seu talão de cheques.

4

Todo mundo se move em círculos. O avião acima recebe ordem de aguardar a vez. Estamos em manobra de pouso, desculpem pela demora, diz o piloto, virando o manche para a sua direita e fazendo com que a cidade possa ser vista; achatada pela perspectiva, diminuída, até mesmo íntima, pelo vasto horizonte e céu aberto.

Por um momento, Paris perde seus atributos, torna-se uma entidade do outro mundo, alienígena, abstrata e sem nome, pontuando uma paisagem mais ampla de campos e rodovias bem definidos, uma ilha em meio a um mar de cinza e marrom, mas então seus marcos vêm para resgatá-la da obscuridade, assim como um sorriso, ou um tremor, transformam um estranho num velho amigo abrindo caminho através de uma multidão: a Torre Eiffel, La Défense, a Torre de Montparnasse e, naturalmente, Montmartre, esta última muito mais alta e imponente do que na lembrança do piloto, embora ele tivesse estado aqui menos de uma semana atrás, olhando através da mesma janela sem nuvens.

Um pouco à esquerda, ou ao leste, do centro, Fear estava sentado à sua mesa, sentindo o calor ao redor. Tinha encontrado um short numa gaveta, deixado pelo inquilino anterior. Era três números acima do dele, e ele havia usado uma velha gravata como cinto. Sentou-se à mesa que era sua, ao lado da janela que dava para o pátio. No apartamento oposto podia ver o compositor praticando em seu piano e, à sua direita, ouvia as vozes da família árabe e uma garota chamando o nome de alguém. Uma mulher gritou em algum lugar, por uma razão que ele jamais saberia — dor, êxtase, um clamor por atenção num mundo ocupado demais para se importar.

Pensou sobre si mesmo, sobre sua vida, sobre a ilusão do tempo parado que tanto excitava seus sentidos. Nunca falava com ninguém sobre seu trabalho, menos ainda sobre do que se tratava, e lhe parecia estranho que a única pessoa que sabia o que ele estava fazendo era uma gerente de banco, embora fosse a sua. Mas então, tudo o que ele dissera, não foi?, é que escrevia principalmente sobre pessoas?

Ficara acordado na noite anterior, pensando no que Madame Jaffré tinha dito, fantasiando sobre escrever um romance erótico, pensando que tipo de vida sua nova gerente de banco levava, que tipo de mundo ela habitava longe dos tediosos limites da sua mesa e do seu computador, que tão desavergonhadamente revelava o valor, ou a falta de valor, daqueles cidadãos sob seus cuidados. Todo mundo tinha suas fantasias, todo mundo podia se tornar uma outra pessoa se assim desejasse e ele se viu sonhando em reverter papéis com ela, de modo que ela escrevia um romance erótico e ele estava do outro lado da mesa dela, proporcionando bondade e austeridade àqueles que vinham visitá-lo.

Do que trataria o romance erótico dela? Uma garota incapaz de se apaixonar, que só conseguia fazer sexo com estranhos? Uma mulher que sentia prazer em imaginar seu amante nos braços de outra mulher? Fazendo amor com outra mulher enquanto seu amante olhava, impotente, redundante?

Levantara-se ao amanhecer, como sempre fazia, e sentara-se à sua mesa com um café e um cigarro, escrevendo por escrever, sabendo que apenas o ato em si o levaria em frente. Lembrou-se de um livro da infância, um romance em que um homem descobre um furo na parede do seu quarto de hotel e se torna um voyeur compulsivo. Começara a ler o livro e depois o devolvera ao seu lugar na prateleira do alto, na estante da biblioteca do seu pai.

O livro o deixara apreensivo. Sabia que provavelmente continha passagens eróticas, o fruto proibido da adolescência, e foi isso que o levou a pegar o livro, mas se sentia inquieto lendo o que seu pai também havia lido, e aquilo o perturbava tanto que abandonou a tarefa. Talvez a verdadeira razão por que parou de ler o livro foi a suspeita de que houvesse um furo na parede do seu quarto com um adulto do outro lado seguindo cada movimento. Esse foi um pensamento que o perseguiu desde então, por mais que raciocinasse em contrário.

Quanto da história tinha a ver com o que acontecera no quarto que o narrador podia ver através do furo na parede? E quanto daquilo tinha a ver com o próprio narrador? Era ele o verdadeiro sujeito do romance ou apenas um homem solitário num hotel de Paris, involuntariamente

atuando como os olhos e os ouvidos do leitor? Era realmente solitário ou havia encontrado uma forma de companhia no seu voyeurismo?

Fear levantou-se de sua mesa, perturbado com a idéia
de que alguém pudesse estar a observá-lo através de um
furo na parede. Colocou então um velho terno de linho e
saiu do quarto.

5

Sentia-se contente por estar na rua, quando o calor se ergueu para sufocá-lo e os sons dos vizinhos ricochetearam
ao redor do pátio. Perdera o fio da meada do que vinha pensando antes de ir ao banco devolver seu talão de cheques;
havia um buraco na parede em algum lugar, um buraco
no céu de Paris, e alguém olhava para ele, seguindo suas
ações e comentando-as.

Riu desse pensamento ao pisar na Rocket Street. A garota do bar passou por ele com um pacote de cigarros en-
fiado debaixo do braço e sorriu, dando-lhe um estranho
olhar de esguelha.

Não está triste hoje.

Que motivo existe para se estar triste?

A garota continuou seu caminho até o bar e desapareceu, sumindo de vista. Tinha a aparência menos simples do
que no dia anterior. Seria a mesma garota?, perguntou-se

Caminhou ao longo da rua, atravessou a place de la Bastille e daí rumou para o rio, até o bulevar Henri IV. Quando chegou à margem esquerda, subiu até a rue des Écoles. Ali parou para acender um cigarro. Subitamente percebeu que estava diante do cinema onde passavam filmes mudos. Olhou para os cartazes ilustrando o que passava lá dentro e pensou em Salt, o produtor, que o havia contratado para apresentar uma idéia no começo do ano. O calor do verão fazia aquilo parecer muito tempo atrás, mas se lembrava exatamente do que Salt lhe dissera.

Comédia. Tragédia. Não me importa. Mas algo pertinente aos anos 1990. Gosto de dar às pessoas o que elas querem. Pago um dólar por palavra. Tente manter o texto em mil palavras, mais ou menos.

Um dólar a palavra por algo pertinente — sete dólares já, Fear diria a si mesmo, enquanto tentava encontrar uma idéia que agradasse a Salt e agradasse aos anos noventa e agradasse ao seu antigo gerente de banco, que achava que Fernando Pessoa se vestia de mulher por causa de suas dificuldades financeiras. Começara até a contar na cama à noite, mas as palavras eram como carneiros e assim que tinha ganho quarenta ou cinqüenta delas se perderia em seus sonhos, um rebanho de notas de dinheiro saltando por cima de uma cerca.

Era janeiro, e Paris estava fixa na órbita de seu inverno interminável, úmido e implacável, quando apenas o mais frio dos dias reanimava o espírito e clareava a mente para a invenção. Na época, Fear morava num apartamento não longe do cinema. Nunca ficara parado, nunca permanecera no mesmo lugar por mais de um ano e estava revertendo as estatísticas ficando num apartamento que havia dividido com alguém e não podia mais manter. Tinha deixado a Inglaterra aos 18 anos — era como se alguém lhe tivesse dado um empurrão tão forte que ele seguiria em frente até o dia de morrer. Nunca fugia dos lugares, apenas girava em círculos, alguns crescentes, outros decrescentes, como o mundo visto de uma estrela cadente.

O cartaz do lado de fora do cinema era de um filme que Fear vira inúmeras vezes, em que Buster Keaton faz o papel do projecionista. No final do filme, Buster acaba de coração partido. Ele adormece enquanto projeta um filme e sonha que caminha pelo corredor da platéia do cinema na direção do palco onde está a tela. Fica diante da tela e imagina tornar-se parte do filme, mas a tela de fundo continua mudando, de modo que, quando tenta sentar-se num banco de um parque, acaba sentado no chão e, quando pensa que está mergulhando na água, a imagem de um deserto passa por trás dele, e acaba caindo de cabeça no chão.

Quando Fear entregou suas mil palavras, Salt pareceu inicialmente impressionado, mas lhe deu um cheque apenas pela metade das palavras que escrevera, prometendo o resto no primeiro dia da filmagem principal. Quando Fear protestou, Salt defendeu-se dizendo que Fear só apresentara uma meia idéia, mas abrandou no dia seguinte e, num tom de voz um tanto paternalista, disse que mandaria um cheque pelo que faltava e lhe daria um bônus de dez mil dólares quando o filme fosse feito. Não disse quando aquilo aconteceria, apenas se desculpou dizendo que estava entrando numa reunião e que ligaria depois para ele. Salt estava sempre entrando em reunião.

Fear afastou-se do cinema e caminhou pelo bulevar, pensando sobre Salt e se perguntando se ele algum dia chegaria a fazer um filme. Talvez devesse ligar para ele? Encontrava-se com Salt de vez em quando. Poderia estar sentado num café, enquanto Fear passava num ônibus, ou dirigindo a alta velocidade pelo bulevar, com um ar de loucura nos olhos, como à procura de alguém para atropelar.

Fear atravessou a rua e enxugou a testa. Havia pouca sombra; era o começo da tarde e viu o resto do dia estender-se diante de si, vazio de promessa e, no entanto, curiosamente convidativo. Sabia que tudo o que precisava fazer era esperar que algo viesse a ele e, enquanto o fazia, o tempo ficaria parado, o sol ficaria onde estava, alvo como porcelana, acima da sua cabeça.

O tráfego se movia indolentemente, retardado pelo calor, e ele caminhava, sozinho numa grande cidade, seus pensamentos, seu passado, suas fantasias, todo o seu ser enchendo a sua mente e impelindo-o para a frente como se não houvesse nenhum outro lugar para ir, nada mais para fazer. Ergueu o olhar para o céu, e o céu baixou o olhar para ele, benevolente, oferecendo-lhe algo. E Fear tomou nota daquilo, como sempre fazia.

6

O avião circulou. Passageiros à direita, depois à esquerda, esticaram o pescoço para ganhar uma visão de Paris. Comissários e comissárias de bordo colocaram os cintos de segurança para a descida. Um bebê chorou e o piloto moveu o manche para a frente, enquanto olhava para Montmartre e pensava na Garota de Pigalle.

Ela está fumando um cigarro, decidiu, um rolo de fumaça azul sobe de seus dedos compridos e finos enquanto beberica o café e mordisca o pão torrado feito da baguete de ontem. Ou já tomou o café-da-manhã, tira o roupão e caminha nua até o banheiro, jogando o cigarro no vaso e olhando para o seu reflexo no espelho antes de tomar uma chuveirada. Esfrega sabonete no corpo e ergue a cabeça para a ducha, fechando os olhos e passando as mãos pelos longos cabelos negros. O sabonete cai e ela se abaixa para apanhá-lo.

Espere aí, garota. Vou pegá-lo para você.

Fear parou e ergueu os olhos. Tinha visto o avião quinze minutos antes, circulando acima do smog de Paris, depois de desviar sua atenção dos cartazes de cinema e caminhar para oeste, a caminho de Saint-Germain. Imaginou o piloto preso num anseio de desejo, esperando impacientemente a aterrissagem para estar de novo com a Garota de Pigalle.

Fear, certa vez, passara uma noite com uma garota de Pigalle. Ela lhe dissera que estava tendo um caso com um piloto, e toda vez que Fear via um avião, pensava nos dois.

Não ficara impressionado com a franqueza da garota, por sua falta de malícia e sua abertura; ela era tudo, menos ingênua, mas isso não vinha ao caso — havia algo mais que o tocara.

Todo mundo pode ser substituído, não acha? Dissera-lhe ela, um sorriso aparecendo no canto da boca.

O Piloto e a Garota de Pigalle sempre lhe parecera uma boa história, e se viu embarcando nela desde o início, enquanto caminhava pelas calçadas e procurava a sombra dos plátanos que se alinhavam no bulevar. Podia ser erótica e comercial e resolver todos os meus problemas, poéticos e financeiros, pensou. Podia me trazer dinheiro e me aproximar mais da Garota de Pigalle, de quem gostei e que amei pelo espaço de uma noite, nunca sabendo seu nome ou quem era, além do fato de que era sincera e bonita e muito provavelmente estava apaixonada pelo piloto.

Pensando na Garota de Pigalle, não percebeu que caminhava pela rua onde ficava seu banco. Apressou o passo e atravessou a rua para evitar que fosse visto. Ao dobrar uma esquina, porém, deu de cara com Madame Jaffré. Levava um sanduíche num saco e suava de calor a ponto de manchas de umidade aparecerem debaixo das axilas do vestido.

Olá, disse ela, numa maneira estranhamente relaxada, como se o encontro tivesse sido marcado previamente.

Olá.

Achei que você devia saber que acharam alguém.

Acharam?

Sim. Para *O Marquês de Sade*. Escolheram um inglês. Como se chama? Boards. Você é inglês, não é?

Sim.

Então podiam tê-lo escolhido, não podiam? Como vai o seu trabalho?

Vai muito bem.

Isso pode significar qualquer coisa.

Imagino que pode, sim.

Li num jornal esta manhã que nove por cento das francesas admitem que já fizeram sexo num elevador, pelo menos uma vez na vida.

É quase uma em dez.

Pessoalmente, acho que todo mundo fantasia. Acho que é assim que as pessoas sobrevivem. A pesquisa também declarou que noventa por cento das francesas estavam satisfeitas. Não dizia se as dez por cento que estavam insatisfeitas incluíam alguma ou todas das nove por cento que alegavam ter feito sexo num elevador.

Não?

Sempre fiquei intrigada com estatísticas. E levantamentos. Acho que a maioria das pessoas mente. Mas isso seria difícil de provar. Num levantamento, quero dizer.

Sim, seria.

Escritores ganham a vida mentindo, não é? Todos nós o fazemos, de um jeito ou de outro. Sempre sabemos que mentimos para nós mesmos, mas nunca aceitamos a mentira nos outros. Tal hipocrisia é uma das fundações da vida e um dos paradoxos da literatura.

Por que paradoxo?

Porque, por mais inteligentes que fôssemos, somos facilmente enganados. Isso, porém, tem mais a ver com a facilidade com que estamos preparados para nos perder na fantasia, o único verdadeiro legado da infância.

Você me surpreende. Pode ser realmente tão simples?

Por que seria de outro modo?

Porque algumas pessoas nem sequer conhecem a diferença.

Diferença?

Entre fato e fantasia.

E você?

Eu? Tente adivinhar.

A gerente do banco estendeu a mão e Fear a apertou, pensando o tempo todo na pintura de Courbet com *bonjour* no título, esquecendo que o tema da pintura eram dois homens e não um homem e uma mulher. Então ela partiu, de volta ao seu banco e ao seu sanduíche.

7

Enquanto Fear voltava para o seu quarto, as sombras cresceram, tomando um lado da rua e deixando o outro exposto, cegado pela luz do sol. Pensou nos trinta francos no seu bolso, no piloto e na Garota de Pigalle, em histórias de amor e na gerente do seu banco, que achava que a mentira era um paradoxo na literatura. E quanto a Salt? Ainda me deve dinheiro, pensou. Quinhentos dólares. Duzentas e cinqüenta doses de pastis.

Parou no bar em Rocket Street e pediu um drinque à garota que sempre sorria. Olhou atentamente para ela, seu vestido de algodão fino que pendia lassidamente dos ombros, e tentou imaginar como o seu corpo era debaixo do tecido.

Pastis?

Não. Vinho gelado.

Que tipo de teia isso vai tecer?

Vamos esperar para ver.

Ela serviu a Fear uma taça de borgonha, e ele o sorveu, saboreando sua acidez, o tempo todo pensando no corpo da garota e imaginando se ela já teria feito sexo num elevador. Podia ver as gotas de suor escorrendo da sua têmpora e a observava enquanto enxugava a testa com o braço e abaixava-se para apanhar leite de um armário, espiando o corpo dela através do vestido enquanto se movia.

Ela não era particularmente atraente, mas assim se tornava ao se mexer para lá e para cá, e Fear ficou um tanto hipnotizado por ela. Não podia ter mais do que vinte anos de idade, e Fear se viu imaginando se era sua juventude que o atraía ou simplesmente o fato de que fazia algum tempo desde que vira um corpo de mulher. Não sou velho, pensou. Mas ainda assim tenho quase o dobro da idade dela.

Enquanto bebia, pensou na mulher com quem havia dividido o apartamento perto do cinema. Seu nome era Gisèle, e durou quase um ano, até que ela foi morar com outra pessoa. Ela já tinha um amante quando ele a conheceu, e ele achou excitante, no início, que ela devesse trair a fim de ficar com ele. Depois, ela traiu Fear e Fear a traiu.

Fear pegou-a um dia olhando para uma abotoadura com um monograma que ela descobrira ao lado da cama.

O que você espera? disse ela.

Nada.

Exatamente.

É verdade que no início tudo o que ele queria era companhia e sexo e não a tinha amado na verdade. O amor veio de surpresa quando ouviu na risada dela a ressonância de algo eterno e quando viu, enquanto caminhavam através da sombra pouco familiar daquelas primeiras semanas, uma inteira nuvem cúmulo-nimbo refletida na retina do olho esquerdo dela. O tempo podia pregar peças, mas a perspectiva é ainda mais implacável.

Depois, ela ficou enfurecida pela impetuosidade de Fear, por sua excentricidade e desordem. Você nunca vai mudar, Fear, disse ela.

As pessoas não mudam. Por que nem sequer mencionar isso?

Sim, elas mudam. Elas se tornam melhores, se quiserem. As pessoas que não mudam, se tornam piores. Você está pior do que era. E vai ficar ainda *mais pior*.

Fear sorriu. O inglês de Gisèle era bom, mas havia sempre um momento em que lhe dava uma rasteira. Ele a teria tomado em seus braços naquela altura. Sempre era acionado um esquema toda vez que tinham uma discussão, um esquema que tendia a reduzir seu diálogo a um script. As palavras tornavam-se inúteis em si, roubadas de significado pela raiva e frustração de Fear e pelo absurdo do inglês quase perfeito de Gisèle, apropriado de uma fita cassete da BBC. Fear tentou discutir em francês, porque sentia que era uma língua mais adequada para as complexidades da confrontação, mas ela nunca queria falar sua própria língua. Às vezes, ocorria a Fear que a única razão por que estavam juntos era para que ela pudesse aperfeiçoar o inglês, uma conclusão, que de certa maneira bizarra, parecia justificar sua infelicidade mútua. Assim que começaram a fazer sexo, no entanto, Gisèle revertia para o francês. Esquecia-se de aperfeiçoar o seu inglês e tudo mais que a preocupava; sussurrava para Fear frases entrecortadas de amor e ternura que o faziam sentir que deveriam passar o resto de seus dias juntos e talvez gravar uma série de fitas para ensinar ao mundo o que era realmente o amor. Ela se sentava em cima dele e olhava para baixo, quase gritando ao gozar e, quando acabava, começava a falar em inglês de novo, como se assinalando um retorno ao mundo real, em que o sexo deixava de ser abandono e se tornava uma ocorrência cotidiana, como uma refeição que tinha de ter os pratos recolhidos e lavados depois.

A garota atrás do bar serviu outro borgonha e sorriu. Aquilo significava que ele não teria de pagar? O vinho sabia bem enquanto ele pensava sobre o amor e se ele podia ou não morrer, como uma pessoa. Sabia que nenhuma das mulheres que havia amado tinha verdadeiramente desaparecido, ainda podiam ser encontradas, em algum lugar nas passagens ocupadas do seu coração, e, no entanto, subitamente se sentia esvaziado de sentimentalidade pelo passado; lembrava sem sentir nada, seu coração estava bem adormecido, desocupado, era apenas sua mente que latejava, uma mente alimentada pelos fatos, incidentes e acidentes que compunham sua vida; estava uma vez mais tornando-se uma cifra, pois a ficção, a fantasia e todas as influências que atuavam num cérebro superaquecido, agora resfriado pelo vinho amargo, nada mais eram do que anotações a serem usadas para alguma coisa, um poema que não tinha começo nem meio nem fim e que sempre precisava da artificialidade de uma rima para ganhar sentido.

Sentia-se amortecido, como se os seus sentidos tivessem sido desligados, como se a eletricidade tivesse sido subtraída do seu corpo e usada para outra coisa — para girar aquele ventilador sujo sobre sua cabeça, que só servia para mover o ar de um lugar para outro e trazê-lo de volta num bafejo de fumaça, poeira e queijo de cabra queimado e algo mais que ele não conseguia detectar, tudo rodando em círculos acima dele, fazendo-o estremecer e esfregar os olhos.

Meus sentimentos foram substituídos por uma forma de abstração, pensou, pela idéia do que são em vez de por sua própria realidade física, pois os sentimentos são reais, eles existem, especialmente os ruins, começam nas entranhas e se infiltram em cada canto do corpo, de modo que, quando você se move, as pessoas podem dizer o que move você, os sentimentos ruins brilham em seus olhos, aligeiram seus passos e aceleram sua respiração.

O borgonha é o vinho mais forte do mundo, anunciou ele, batendo com a taça no balcão de modo que a haste quebrou na sua mão. Não me importa o que digam. É uma intuição. Não é algo em que a gente pensa. Se o dessem às aranhas, não haveria nenhuma teia.

Então talvez fosse melhor você voltar ao pastis?

8

Quando Fear voltou ao seu quarto, sentou-se à sua mesa e olhou pela janela para o pátio. Duas das crianças árabes jogavam futebol, e o som da bola caindo no chão de pedras arredondadas reverberava surdamente de uma parede à outra.

Do lado oposto, no andar térreo, o compositor estava ao piano. As batidas da bola e o toque nas teclas do piano criavam um som de beleza distante, um sopro de infância exalado no ar parado de verão que levava Fear de volta a um jardim, um lápis de cor traçando a trajetória de uma andorinha por um céu de papel em branco e uma bola de tênis enfiada numa cerca viva, visões fugazes de uma outra vida, desaparecida para sempre, e, no entanto, ainda vista, como a esteira de um navio que há muito tempo desapareceu atrás de uma ilha. A bola bateu, os dedos tocaram nas teclas e o metrônomo marcava o tempo para tudo aquilo que acontecia ao seu redor.

Fear tinha batizado o compositor de Eton e sua namorada de Eve, sem conhecer seus nomes reais. Moravam juntos no andar térreo, mas Eve tinha um estúdio no andar de cima, onde passava a maior parte do tempo. Às vezes, gritavam um com o outro, outras vezes, nada diziam; era como se dias inteiros passassem sem que eles se comunicassem. Fear freqüentemente se perguntava como duas pessoas tão diferentes conseguiam viver juntas. Era verdade que pólos opostos se atraíam? Quem saberia como as coisas funcionavam — eram complexas demais para analisar. Se conseguisse encontrar a solução, você encontraria a chave da existência.

Nunca os cumprimentava no pátio, porque sentia que aquilo poderia levar a uma conversa e intimidade de que depois se arrependeria. Não pareciam considerá-lo grosseiro; estavam sempre mergulhados em seus pensamentos quando passava por eles e provavelmente não tinham interesse por ele. O que o intrigava, naturalmente, era o fato de que podia vê-los quando cada um estava sem saber o que o outro fazia. Isso lhe dava uma onisciência que ele saboreava. Era talvez a razão real por que não queria se comunicar com eles, pois, no papel de voyeur, teria se sentido um hipócrita.

Não tinha nenhuma idéia do que Eve fazia. Era uma mulher de aspecto decidido, na casa dos quarenta, com cabelos negros compridos, olhos penetrantes e um nariz forte. Podia ser romana ou napolitana. Eton era alto, cabelos louros, um pouco misterioso, parecia carregar um segredo, algo que não se expressava no seu porte, mas na maneira como às vezes olhava para fora, por cima do seu piano, as mãos pousadas sobre as teclas, seu corpo congelado, à espera de que algo lhe viesse. Fear era fascinado por esse casal. Podiam ambos ser gênios, ou podiam, igualmente, ter-se perdido na periferia de sua arte. Isso não parecia ter importância. Eram duas pessoas vivendo uma vida que, em sua regularidade e disciplina, lhe parecia exótica.

Fechou a janela e começou a escrever de novo. Descreveu o piloto pairando sobre Paris, seu coração batendo mais forte ao avistar Montmartre, girando na sua cabeça a imagem da Garota de Pigalle tirando seu roupão e caminhando nua até o banheiro, jogando fora o cigarro e entrando no chuveiro. Ela é alta e bonita, e suas pernas são esguias, seus seios firmes, sua pele macia ao toque. O piloto imagina que a segura em seus braços, se abaixa para apanhar o sabonete para ela, esfregando suas costas no chuveiro e beijando-a, sua mão agora acariciando seus seios e deslizando por sua barriga e por suas coxas.

Fear ouviu uma voz. O telefone estava tocando e a secretária eletrônica gravou a mensagem.

Fear não está, lamento.

É Harm. Preciso do dinheiro de volta. Vou fazer uma viagem. Sabe como é.

Fear debruçou-se até o chão e abaixou o volume na secretária. Tirou da máquina o pedaço de papel em que trabalhava, colocou-o de um lado e leu aquilo que havia escrito. Uma das teclas da máquina de escrever estava faltando e ele havia usado o sinal de dólar em seu lugar, mas decidiu trocá-lo por outro símbolo, então pôs outra folha de papel sob o rolo e escreveu de novo como o piloto imaginava a Garota de Pigalle enquanto esperava para aterrissar, faz*ndo carícias *m s*us s*ios e passando a mão sobr* sua barriga * suas coxas.

PARTE II

9

Continuo voltando para a baía de Akashi. Olho para a tela vazia por um tempo, depois abro a gaveta e tiro a antologia de haicais.

Segundo o livro, o mestre se chamava Fujiwari no Kintō e viveu de 966 a 1041. Teria dito que *a linguagem é mágica e transmite mais significados do que as palavras em si expressam*. É tudo o que sei a seu respeito.

O haicai de Fujiwari no Kintō tem mil anos de idade. Não há nada nele que seja pertinente à época em que foi escrito e foi por isso que durou, porque é atemporal. Existe um navio, mas sempre existiram navios. Existe uma ilha, e sempre existiram ilhas. Existe uma névoa, e existe uma aurora. E existe a baía de Akashi, o lugar ao qual cheguei no início da segunda parte de uma história que ainda tem de acontecer, mas que se tornará inevitável à medida que eu descobrir tudo o que está oculto, tudo que ficou sem ser dito. Olho para o livro, olho para a tela do computador em que meu rosto está tão enigmaticamente refletido e começo a ver pistas para uma narrativa inacabada. Vieram a mim; tudo o que tenho a fazer é usar minha intuição para lhes dar um sentido.

Eu me imagino sentada ao lado de Fujiwari no Kintō. O mestre está congelado numa atitude de expectativa, composto e seguro. Eu percebo que estou próxima demais. Afasto-me dele, tentando não romper sua concentração, mas ao fazê-lo eu o distraio ainda mais do que se tivesse ficado onde estava. Nem mesmo isso parece que o abala — na verdade, ele parece tirar proveito disso, usando o retardamento para consolidar na mente o que já havia decidido fazer, concentrando-se ainda mais na tarefa pela frente. Não pode haver espaço para a dúvida, no entanto, pois tudo estava decidido antes que eu entrasse na sala uma hora atrás. Ainda é possível que exista um detalhe a ser resolvido e integrado dentro do todo, mas não pode haver nenhuma volta atrás agora. Nada interferirá com ele.

Fujiwari no Kintō nunca faz uma coisa duas vezes. Se o fizesse, não seria um mestre. Como eu me mexi, a luz do sol agora bate no chão onde ele colocou sua mesinha de escrever, beijando seus pés, e a sombra de minha cabeça e dos meus ombros não incide mais sobre o papel-arroz. A mesa é muito baixa, a apenas dois ou três centímetros do chão, e o mestre, ainda alto para os seus anos, curvou suas costas, arqueando-as de modo que seu pescoço se tensionasse para a frente, a fim de alcançar o ângulo mais propício de enfoque.

Olho para o pincel, pairando no espaço, carregado de tinta. A mão do mestre desce, o ato tão clara e indelevelmente executado a ponto de parecer óbvio, inelutável, finito. Um cabelo grisalho cai sobre o pergaminho, e o mestre o sopra para longe, enquanto a primeira marca aparece sob as cerdas. A haste de bambu do pincel fica perfeitamente firme, encontrando sua sombra num ângulo que permanece constante até uma fração. Nem uma gota de tinta derramada, nem uma linha fora de lugar, aqui, a perfeita redução do pensamento à sua essência.

Honobono to. Vagamente, vagamente.

Posso sentir meu coração batendo, meu pulso aumentando, e sinto a umidade juntando-se nas palmas dos meus punhos cerrados, que agora apertei na esteira atrás de mim. Inclino-me para diante a fim de saborear o momento em que o pincel do mestre encontra o papel-arroz, e quando isso acontece eu arquejo silenciosamente, meus sentidos agora abertos para o intenso prazer, ao ver o haicai assumindo vida diante dos meus olhos. O mestre mergulha seu pincel no tinteiro ao seu lado e cria o segundo ideograma, depois o seguinte, tudo num movimento fluido, com o mesmo floreio, o mesmo peso, a mesma pressão, variando a espessura das cerdas de grossa para fina — uma pincelada ampla, depois outra mais estreita e então uma ampla de novo — enquanto uma nova vertical é completada, terminando numa cauda que se afina numa linha fina, quase transparente.

Akashi no ura no. O dia rompe na baía de Akashi.

Eu vejo e esfrego os olhos. Quando os abro, enxergo uma vista muito clara. O mar, escorçado pela penumbra, salta sobre um banco de areia, suas línguas espumantes surgindo como que do nada. Adianto-me e piso na espuma. Esta grande massa turbilhonante se estende daqui até lá e de lá à eternidade, unindo, dividindo, deixando-me à deriva como se eu tivesse caminhado para fora do mundo e virado minhas costas a ele para sempre. Margeio as ondas, ignorando as vozes carregadas pela brisa, o desconexo zunido do amor perdido, a suave cacofonia do anseio, perto e longe, que engendra seu ritmo inquieto e salgado, o baque surdo dos pés enrugados marchando em frente, repetidamente, só para recuar, como no jogo que ainda jogo no fundo da minha mente, um fantasma num corredor, tentado me agarrar enquanto eu me viro em vão para espioná-lo, para espioná-la, caminhando sorrateiramente até mim.

O mestre vira-se para mim e sorri. O mar está muito revolto para o início da manhã, diz ele. As ondas não marcham, como poderiam, se existe esta névoa matinal? Imagine o mar como uma chapa plana de vidro, tão quieto como o rosto de uma garota depois do amor, quando sua cabeça repousa sobre um travesseiro e um sorriso veio e depois passou por seus lábios.

Claro, Mestre, sussurro eu, colocando o livro de haicais de volta na mesa e ligando meu computador.

10

Paris se mexe para lá e para cá, fervilha no calor de julho, e todos aqueles emoldurados dentro e fora de sua sombra podem sentir o calor pulsando, a passagem de um trem do metrô debaixo de uma grade de ventilação na calçada, o peso do seu trânsito afundando no asfalto de suas ruas, o ganido de milhares de motonetas carregando malotes, envelopes, dinheiro, pacotes e fotografias de garotas em vestidos de baile para ilustrar revistas vendidas nas bancas ou para pousar orgulhosamente sobre as mesinhas que as pessoas colocam ao lado de poltronas.

Você olha do alto da torre Eiffel, você olha para cima da calçada, você olha através da place de la Concorde além de todos aqueles corpos sendo jogados em carroças, recém-saídos da guilhotina, e você suspira e exala o ar deste lugar. E ele pode ter um cheiro suave também.

A cidade é cheia de fantasmas, está povoada por eles. Enchem as catacumbas no subsolo e marcham ao longo das ruas, sobre as pontes, do outro lado da água, alguns se afogando, alguns voando por capricho, planando pelo espaço, desaparecendo, reaparecendo, sumindo para sempre enquanto as nuvens baixam, o smog, o calor e a pressão sobem, engolfando-os até que se evaporam como uma gota d'água derramada numa mesa de terraço sem sombra. O rio os reclama, repetidas vezes, esse canal infernal que fende a cidade em duas, redemoinhando em torno da ilha e levando tudo consigo enquanto é sugado para o mar. E só o mar vai limpá-lo de todo o sangue, suor e merda de Paris. Paris, cuja escuridão e cuja luz trituram o ângulo de visão, fazendo com que você se sinta vivo e morto ao mesmo tempo. O hospital fica ao lado do cemitério, a farmácia ao lado do bar, o bote salva-vidas está enganchado à ponte, de modo que todas as eventualidades estão bem cuidadas, para o melhor ou para o pior, para os vivos e os mortos.

Fear coçou-se durante o sono. Tinha esquecido de fechar a janela e a luz atraíra mosquitos. Gostam do meu sangue, disse, meio para si mesmo. Será o álcool? Fear nunca soubera de uma mulher mordida por um mosquito e havia passado noites de verão no passado intrigado e enfurecido pelo sono ininterrupto de sua parceira. Quando uma mulher dorme, ela fica mais distante de você do que pode jamais imaginar, pensou.

Levantou-se da cama e fechou a janela. O céu era de um azul profundo e salpicado de estrelas. Nem uma alma se mexia no pátio, e ele podia ver o piano de Eton adormecido num canto do seu apartamento. Acendeu a luz ao lado da cama e deitou-se de novo. Estava bem no fundo da noite e sabia que o tempo passava mais lentamente nessa hora, privado de qualquer coisa para fazer consigo mesmo.

Acendeu um cigarro e ergueu os olhos para uma teia de aranha que pendia do teto. Por que ela se mexia se não havia brisa, nem mesmo o menor sopro de ar dentro do quarto para perturbá-la? Observou a teia dançando na luz, projetando uma sombra que balançava de um lado para o outro, sobre suas pernas, e depois se afastava na direção da sua mesa. Era uma teia malformada, inconseqüente, o trabalho de uma aranha que era preguiçosa, bêbada, ou maluca talvez.

Pegou um pedaço de papel do chão e olhou para ele por algum tempo. Era o começo da história de amor entre o piloto e a Garota de Pigalle. A sombra da teia passou sobre o papel e ele observou uma linha de escuridão passar sobre as palavras datilografadas. As palavras casavam bem, e ele ficou emocionado com elas, com sua própria fantasia sobre a garota com quem passara apenas uma noite. Ele a via de maneira diferente agora, ela se tornara um personagem da ficção, e imaginava como seria a situação se algum dia a encontrasse de novo. Seria ela mais desejável quando reingressasse na realidade?

Olhou para seu paletó pendendo sem jeito sobre a cadeira atrás da sua mesa e pensou nos cinco francos que restavam no bolso lateral. Meio pastis. Pensou nos quinhentos dólares que Salt ainda lhe devia e na viabilidade comercial do seu romance erótico. Quantas páginas deveria ter? Que forma deveria assumir? Tudo o que sabia a respeito de romances eróticos era que só podiam ter sucesso se os interlúdios eróticos fossem pontuados com narrativa não-erótica. Uma certa quantidade de capricho, sedução, tinha de acontecer. Não posso esquecer isso, disse a si mesmo.

Então pensou sobre o dinheiro que devia a Harm. Um dia, Harm virá em busca de mim, e, quando vier, eu deveria estar pronto para ele.

11

O piloto tinha aterrissado. Estava deitado ao lado da Garota de Pigalle e a beijava. Ela ficou perfeitamente imóvel enquanto as mãos do piloto deslizavam do seu ombro esquerdo para o seu seio direito, o dedo indicador descrevendo a trajetória de um Boeing 747 num vôo de rotina de Paris a Los Angeles.

O avião se dirigia para o norte quando, na verdade, só podia ser oeste, para longe do sol, buscando seu mamilo direito e pousando sua borda exterior. Voou cautelosamente em círculos, molhando o dedo com a umidade da sua boca, uma trilha de saliva marcando sua passagem, e então abaixou a boca e o tocou com a ponta da sua língua. Ao fazer isso, continuou o vôo de seu outro dedo, criando uma linha do seio dela até suas coxas, desenhada no ritmo do movimento de sua língua, que se aproximava do ângulo de descida no aeroporto de Los Angeles. Quando sua mão chegou ao púbis, o dedo descreveu círculos ao seu redor, apanhado por um momento numa manobra de espera que permitia ao piloto retesar o corpo inteiro da Garota de Pigalle. O corpo dela arqueou sobre a cama e seus quadris moveram-se de lado a lado, numa tentativa de induzir o dedo errante a penetrar no cerne do seu ser, naquele montículo de tecido agora úmido, ereto.

O piloto continuou a traçar os círculos, girando seu dedo, girando sua língua, e, quando finalmente chegou ao clitóris da Garota de Pigalle, ela gritou forte, enfiando os dedos nos seus cabelos e arranhando o seu escalpo, o que o fez afastar-se de dor. Sua cabeça percorreu o corpo dela, as mãos agarraram seus seios, passou uma perna por cima dela e deslizou sua língua do umbigo para o pescoço e refez o caminho, colocando os lábios na sua vulva. Tinha um gosto de sal e quando ela gozou ele ouviu o murmúrio do mar, uma língua d'água retorcendo-se sobre si mesma, lavando a praia enquanto desaparecia para sempre, voltando para onde tinha vindo, perdida entre mil outras, tudo girando e caindo interminavelmente. Então ele penetrou nela, segurando seu corpo em seus braços e erguendo-a da cama, enquanto se mexia lentamente para trás e para a frente. Beijou seu pescoço, beijou sua orelha, e quando gozou ela gozou de novo com ele, nunca dizendo uma palavra, apenas respirando fundo, suavemente contra seu peito.

Senti falta de você, disse ela.

Também senti sua falta.

Sinto sua falta agora. Faça o que acabou de fazer. Vamos ver se a mesma coisa acontece.

Que tal um martíni antes?

Martíni depois.

Aonde quer ir?

Los Angeles.

Acabamos de ir a Los Angeles.

Vamos lá de novo.

Estou cansado de Los Angeles.

Eu não estou.

OK. Los Angeles. Mas, antes, um martíni. Nada de Los Angeles sem um martíni. Combinado?

Combinado. Mas sem trapaça desta vez. Lembre, são nove mil quilômetros. E isto leva mais de quinze minutos.

Eu voei em círculos, não?

Sim, você voou em círculos.

Eu mantive minha manobra de espera.

Assim, considerando tudo, está na hora de guardar a coqueteleira.

12

Fear praguejou. Tinha desligado a campainha do telefone e abaixado o volume da secretária eletrônica, a qual enrolou num suéter e enfiou dentro de sua mala, fechando-a em seguida, fazendo um buraco com seu canivete suíço para que o fio do aparelho pudesse passar. Mas ainda podia ouvir um clique distante quando alguém ligava, seguido por sua própria voz, abafada, irreal, ecoando dentro da mala como se ele, e não só a fita, estivessem enfiados ali dentro. Ainda assim ele se sentia constrangido a ajoelhar-se no chão e colar o ouvido à mala para ouvir quem era.

Talvez pudéssemos nos encontrar, dizia a voz.

Não reconheceu quem era inicialmente. Ouviu um nome que não conseguia decifrar. Zangado e frustrado por deixar que o interrompessem, mesmo assim se sentia consolado pela voz; parecia suave e, no entanto, autoritária. Abriu a mala e tocou de novo a fita. Era Madame Jaffré.

Espero que tudo esteja bem. Deveríamos nos encontrar em breve para discutir a questão.

Fear voltou à sua mesa e releu o que havia escrito e então fez o piloto e a Garota de Pigalle fazerem sexo de novo. *A cabeça da Garota de Pigalle balançou de um lado para o outro, o suor apareceu no seu peito e nas suas têmporas, fechou os olhos e os abriu de novo e abriu os braços derrubando a coqueteleira de martíni da mesinha de cabeceira no chão, enquanto o piloto se perdia dentro do seu corpo jovem e esguio.*

Olhou pela janela. A bola de futebol apareceu no outro lado do pátio e bateu contra a parede ao lado da sala do piano de Eton. O baque oco que ela criou ressoou ao mesmo tempo em que o piloto penetrava na Garota de Pigalle, e ele sorriu ao terminar o capítulo, tirando o papel do rolo da máquina de escrever e o colocando cuidadosamente de lado.

Tudo é questão de timing, disse para si mesmo, acendendo um cigarro. Ou quase tudo.

Releu o capítulo inteiro e ficou pensando se as passagens eróticas estavam à altura das expectativas. Gostava do piloto e da Garota de Pigalle; achava que eram bons personagens. O piloto ainda precisava ser desenvolvido, mas Fear decidira que era uma espécie de veterano, um ex-piloto de caça da marinha que tinha servido no Vietnã — sim, era velho o suficiente para ter pegado o finalzinho da guerra, o que o colocava na metade da casa dos quarenta anos. Fear não queria que ele fosse mais velho do que isso, mas queria que fosse um veterano, portanto o Vietnã estava perfeito. Tinha de ser um tipo de herói, corajoso e calejado pela experiência. Tinha encarado a morte de frente. Caso contrário, não funcionaria.

Naturalmente, o que Fear dizia para si mesmo era que o piloto tinha de ser tudo aquilo que ele próprio não era. Homens e mulheres são com freqüência atraídos pelo mesmo tipo de pessoa, era verdade, no entanto podiam muito bem escolher o oposto do seu amante anterior. Fear tinha feito isso no passado e podia imaginar a Garota de Pigalle fazendo a mesma coisa. Talvez fosse por isso que ela tivesse, na vida real, escolhido Fear para a noite, para escapar da mundanidade opressiva do piloto?

A Garota de Pigalle tinha muitos atributos. Era sincera e direta, no entanto havia um ar palpável de fantasia nela. Ansiava por escapar, ansiava por desaparecer. Fear não estava convencido de que devesse usar a verdadeira Garota de Pigalle para a história, mas sabia que nada nela seria diferente do ponto de vista físico. Era o perfeito modelo para um romance erótico. Tinha uma sensualidade de tirar o fôlego. Em termos de personagem, ele bem poderia fazer algumas mudanças à medida que a história se desenvolvia. Mas aquilo podia esperar.

O Piloto e a Garota de Pigalle era uma história de amor que já havia começado, e ele gostava do fato de que o piloto seguia diretamente de sua manobra de aterrissagem no ar para a cama da Garota de Pigalle. Qualquer um que comprasse o livro na esperança de que era erótico não teria de procurar muito pela prova. O Capítulo Dois o colocaria imediatamente no clima. Agentes e editores também pegariam a idéia sem muita demora. A última coisa que queria que pensassem era que fosse a história de um acidente de avião. Embora isso vendesse bem, também, não era verdade?

Afastou-se da sua mesa e ligou para Madame Jaffré. Era essencial que a tratasse corretamente. Não tinha meio algum de pagar sua dívida bancária, por isso o papel dela na execução do romance erótico era crucial. Ela estava numa posição para lhe dar a única coisa de que realmente precisava. Tempo.

13

Do outro lado do pátio, Fear podia ver Eve trabalhando no seu estúdio. Eton estava ausente no momento. Normalmente ele ficava ao piano ou à sua mesa ao lado, trabalhando. A tampa do instrumento estava aberta, mas as teclas pareciam nunca terem se mexido, como se estivessem congeladas ali para sempre. Não há nada mais silencioso do que um piano sem ser tocado, pensou Fear.

A bola de futebol apareceu na outra extremidade do pátio e foi chutada de volta por um dos meninos árabes. Uma sirena soou na Rocket Street, uma mulher gritou como se tivesse sido golpeada, e a bola voltou de novo, deixando de acertar a vidraça de Eton por poucos centímetros e pulando de volta até a porta de Fear lá embaixo. Acima do estúdio de Eve, o homem que sempre trazia uma embalagem de meia dúzia de cervejas do armazém estava sentado no peitoril da janela olhando para dentro do seu apartamento. E a bola foi apanhada pelo menino árabe e levada, fora de vista.

Pela janela aberta, uma brisa se erguia das pedras arredondadas e balançava de um lado par o outro a nova folha de papel que ele colocara na máquina de escrever, como a primeira folha do outono. Enquanto isso acontecia, Eton aparecia da rua e entrava em seu quarto de piano, enquanto, acima dele, Eve trabalhava à sua mesa, desligada do que se passava lá fora ou lá embaixo.

Madame Jaffré pedira para encontrá-lo num café, o que inicialmente o surpreendera. Mas, ao pensar nisso, se deu conta de que, embora estivesse numa situação perigosa no que dizia respeito à sua conta bancária, ela também estava ameaçada. O que poderia impedi-lo de simplesmente desaparecer e nunca mais pagar sua dívida ao banco? Madame Jaffré mostrara um ar de superioridade nas duas vezes em que ele a encontrara, mas agora lhe ocorreu que ela poderia ter entendido o tipo de pessoa que ele era, que representava um problema para ela, assim como ela para ele. Enquanto ele precisava conquistá-la a fim de conseguir tempo, ela precisava de garantias de que ele pagaria sua dívida.

Só agora começara a pensar sobre a questão com mais cuidado, depois de ouvir a voz dela na secretária eletrônica e de saber que desejava encontrar-se de novo com ele. A própria voz tinha mudado ligeiramente. Teria ela reconsiderado a situação? Tivera algum encontro com um superior? O que estava ocorrendo, exatamente?

Madame Jaffré sugeriu que Fear fosse ao banco primeiro e depois iriam ao Armistice, virando a esquina, saindo da place Saint Sulpice. Fear conhecia bem o Armistice. E os garçons conheciam Fear. Teria preferido ir a outro lugar, pois tinha uma conta devedora ali, mas não podia contar isso a Madame Jaffré. Decidiu sugerir uma mudança quando a encontrasse no banco e pensaria em algum motivo para justificá-la.

Não tinha moedas suficientes para uma passagem de metrô, por isso caminhou até Saint-Germain. Fazia calor, talvez até mais calor do que no dia anterior, e afrouxou a gravata e tirou o paletó ao descer para Rocket Street. Pensou em retardar o orgasmo da Garota de Pigalle enquanto caminhava, depois retardar o orgasmo do piloto, depois dar à Garota de Pigalle um outro orgasmo, simplesmente deixando-os suspensos em busca de seu orgasmo conjunto enquanto o capítulo terminava. Em seguida, virou suavemente a Garota de Pigalle e fez com que o piloto deslizasse por sobre suas costas e a penetrasse por trás. Eles gozaram juntos bem diante da loja de ferragens.

No fim da rua ele atravessou para a outra calçada, pois devia 190 francos à loja do árabe, mas o proprietário o viu e gritou seu nome. Fear caminhou mais rápido, virando-se para o homem e gritando-lhe um cumprimento apressado antes de desaparecer na esquina, só para topar com Agostini, o fotógrafo de moda a quem devia mil.

Olá, Agostini. Tenho de correr.

Como vai, Fear?

Eu? Ótimo. E você?

Estou cansado da moda.

Como pode estar cansado da moda? Não entendo. Todo aquele dinheiro, Agostini. Só para tirar a foto de uma pessoa! Nem vale a pena pensar nisso!

É fácil para você, Fear. Você faz algo interessante.

Interessante? O que há de interessante no que faço? Tento descrever uma coisa. É algo técnico, não interessante.

Técnico? Interessante. O que é?

Não posso dizer, Agostini. Nunca falo sobre o que estou fazendo. Mesmo quando não estou fazendo nada.

É um livro, então. Sobre o quê?

Pessoas, principalmente. Escute, tenho de correr. Sabe como é. E não pare de tirar fotos. Senão vamos todos parar no olho da rua.

Fear seguiu em frente, atravessando a rua de novo e perdendo-se na multidão diante do Café de la Bastille, antes de se apressar na direção do rio. Sorriu, quase rindo alto. Agostini ganhava mais em um dia do que ele podia ganhar em um ano. Isso é que era interessante.

14

Fear chegou à margem do rio 15 minutos atrasado para o seu encontro. Já tinha decidido não pedir desculpas. Gisèle o havia constantemente repreendido por suas desculpas, e ele desistira delas por uma questão de princípio.

Os ingleses sempre dizem eu lamento, veio a voz dela de volta à sua lembrança. Mas nunca sentem isso.

Madame Jaffré estava sentada à sua mesa, escrevendo uma carta com uma caneta-tinteiro. Levantou-se e apertou sua mão, sorrindo calorosamente para ele. Fear retribuiu o sorriso e sentiu a mão dela apartar-se da sua. Agora se dava conta de que nunca antes vira alguém que se parecesse menos com um gerente de banco. Ao movimentar-se por trás de sua mesa, viu que ela usava meias de seda com linhas marrons grossas na parte de trás. A atmosfera estava um pouco tensa entre eles, e o constrangimento do encontro era simbolizado pela expressão no rosto de Fear, que registrava espanto mudo, e pela tentativa desajeitada de Madame Jaffré de recolocar a tampa da caneta.

A senhora escreve à mão, Madame? Não usa o computador?

Uso ambos. E você?

Lápis. Ou máquina de escrever.

Lápis? Para facilitar a edição?

Para poupar dinheiro.

Vamos indo?

Sim. Quanto ao Armistice...

Não gosta dele?

Não é isso. Mas é um pouco caro. Fico embaraçado em mencionar isso.

Mas eu estou inevitavelmente a par das dificuldades nas suas finanças. Por isso não precisa se sentir embaraçado. É uma coisa muito inglesa da sua parte.

Sim, bastante.

Além do mais, eu o convidei.

Saíram do banco e caminharam pelo bulevar Saint-Germain, atravessando-o na entrada da rue de Buci. Escolheram uma mesa de terraço no Armistice, e Fear sentou-se nervosamente em sua cadeira. Lembrou-se do golpe que aplicara num dos garçons. O garçom era um jogador. Pedira a Fear para apostar um dinheiro num cavalo no Derby para ele, porque não havia nenhum lugar para fazer uma aposta em Paris. Fear comprou um jornal inglês e descobriu que o cavalo era um tremendo azarão. No dia anterior à corrida, pegou 100 francos do garçom e disse que os apostaria através de um amigo em Londres. Mas não tinha amigo em Londres e gastou os 100 francos num bar da Rocket Street. O cavalo ganhou à razão de oito por um, o que dava 800 francos, mais a aposta original de 100 francos, além dos 350 que ainda devia ao Armistice pelo champanhe que comprara na noite em que conheceu a Garota de Pigalle.

Está quente aqui, disse Fear.

Mas estamos na sombra.

Uma gota de suor escorreu da têmpora de Fear e caiu na sua calça, como uma lágrima. Olhou para dentro do café pela janela e viu dois dos garçons que estavam servindo. Então relaxou. O garçom ao qual devia dinheiro devia estar de folga, por isso ele estava seguro. Confirmando a questão, outro garçom apareceu para atendê-los. Madame Jaffré pediu um espresso e Fear pediu o mesmo.

Como vai o seu trabalho, Sr. Fear?

Fear. Pode me chamar de Fear. É como todo mundo me chama. Meu trabalho? Vai muito bem.

Tem algum meio de ganhar dinheiro neste momento? Além de escrever, é claro? Disse que podia interpretar. Que fez uma porção de coisas.

É um pouco difícil nesta época do ano. As pessoas parecem que estão fazendo as malas para partir de férias. Sabe como é. Mas estou trabalhando em algo que poderia salvar a situação.

Um livro?

Bem, poderia ser um livro. Sim.

O garçom trouxe os cafés e Fear se viu perguntando por que não teria pedido um pastis. Era o mesmo preço.

Talvez tivesse preferido algo mais forte?, continuou Madame Jaffré, vendo Fear derramar café no pires enquanto mexia sua xícara.

Não. Está ótimo. Verdade. Ótimo mesmo.

Muito bem. Embora já esteja na hora dos aperitivos. Sabia que mais amendoins são consumidos *per annum* no bar do Hotel Lutetia do que no zoológico de Vincennes?

Fear sorriu. E a seguir riu.

Você tem uma risada contagiante, Fear.

É uma boa piada.

Não é uma piada. É uma estatística. É por isso que é engraçada.

Nunca encontrei um gerente de banco com senso de humor antes.

Bem, nunca conheci um escritor que usasse lápis só porque fosse mais barato.

Então talvez eu vá tomar esse drink agora.

15

A Garota de Pigalle gostava de fazer jogos com o piloto. Estavam saindo para almoçar. O piloto confessou que se interessava por arte e sugeriu que pegassem um táxi para o Louvre e depois almoçassem no restaurante cujo nome ele esqueceu, que dava para a pirâmide de vidro.

Devíamos provavelmente tentar fazer algo, disse ele, passo todo o meu tempo dentro. Dentro de um avião olhando para o céu, dentro de um quarto olhando para as paredes.

Ele se vestira, colocara um jeans, umas botas de caubói e uma camiseta e estava de pé junto à janela do apartamento da Garota de Pigalle. A Garota de Pigalle passava batom e olhava no espelho sobre uma penteadeira ao lado da cama. Podia ver o piloto de costas para ela, enquanto ela sorria. Não queria sair. Caminhou até ele e virou-o para si. Puxou-o para a cama e sentou-se. Então abriu o seu cinto e muito lentamente abriu os botões de sua braguilha. Queria fazer amor com ele, pois sabia que a desejava. Ele insistiu em dar-lhe dinheiro para que ela não tivesse de trabalhar no bar de topless, e a única maneira que ela achava que tinha de retribuir-lhe era chupá-lo antes que fossem para o Louvre e o restaurante de que ele gostava. Ele lhe dissera que não queria que trabalhasse no bar de topless porque era o que piranhas faziam, mas agora ela se sentia mais piranha do que antes, porque ele estava pagando a ela e a única maneira que achava que tinha de retribuir era fazendo sexo com ele, enquanto, quando trabalhava no bar de topless, não precisava fazer sexo com ninguém se não quisesse. Tinha apenas de servir drinques e sorrir e, fazendo isso, ganhar a vida e poder comprar coisas para si mesma e levar o piloto para almoçar se quisesse.

Sabia que não devia pensar daquele jeito, mas não podia deixar de se sentir enjaulada. Sabia que o piloto não lhe permitiria voltar ao bar de topless e que, se ela mencionasse que queria aquilo, ele pensaria que havia algo de errado com ela, que na verdade gostava que os homens flertassem com ela e que no fundo era provavelmente uma piranha, afinal. Por que ela deveria, quando ele tinha dinheiro para cuidar dela?, era a pergunta que fazia.

A Garota de Pigalle era uma autodidata: tinha lido vorazmente e aprendido inglês sozinha e sabia tudo sobre arte e muitas outras coisas. Mas aprendera cedo que a única maneira de sobreviver era no bar de topless. Senão, seria condenada a uma mesa de escritório como secretária ou a ser caixa num supermercado, passando códigos de barra por um leitor de laser, induzida à distração por números repetidos e vozes que a repreendiam por sua sonolência. O bar podia ser trabalho duro, mas pelo menos perdia menos tempo para os outros e ganhava o suficiente para dar a si mesma a impressão de liberdade.

O piloto baixou os olhos para ela enquanto segurava a sua pica com a mão. Quero ver alguma arte, ele disse. Você sabe. Arte. Não temos muita arte na América. Só temos lojas.

Como é possível que o piloto de um Boeing 747 de Los Angeles, que já disparou foguetes de um caça a jato, preferisse ir ao Louvre a ser chupado por mim?, perguntava ela, pegando sua pica e colocando-a cuidadosamente entre os lábios, enquanto minúsculas marcas de batom púrpura apareciam na sua glande.

Tudo é possível, garota. Não espero que eles retirem as pinturas até quando chegarmos lá.

A pica do piloto não estava dura, mas logo endureceu, apesar da aparente reticência do piloto e apesar do desejo que manifestara de ir ao Louvre o mais cedo possível. Abaixou os olhos até a Garota de Pigalle e acariciou seus cabelos com as mãos, e a Garota de Pigalle chupou sua pica, deslocando a pele para cima e para baixo com a mão enquanto o fazia. Nunca tinha gozado dentro da sua boca e não tinha certeza de que ela se sentisse à vontade com aquilo, mas antes que tivesse tempo de pensar cuidadosamente a respeito ele começava a gozar e ela engolia. Ficaram muito quietos, o piloto olhando do alto para a Garota de Pigalle e a Garota de Pigalle sentada na cama e olhando de baixo para ele.

Não precisava fazer isso, garota.

Eu quis.

Fico feliz.

Eu também.

Vamos embora?

Para onde?

Para o Louvre.

Não é muito longe.

Depois podemos ir ainda mais longe. Se você quiser.

16

Fear só tinha mais uma folha de papel. Todo o papel na sua mesa fora virado do avesso e usado de novo e, em alguns casos, ele não sabia mais quais eram as passagens boas e quais eram as más. Algumas que eram boas tornavam-se menos boas na releitura, e algumas que ele havia rejeitado antes tinham elementos que não melhoravam e às vezes até pioravam ao serem reescritas.

Por exemplo, tinha escrito várias versões do capítulo anterior, preocupado em não dar a impressão errada da Garota de Pigalle. Não queria que as pessoas pensassem que, apenas porque havia trabalhado num bar de topless, ela era um estereótipo. A verdadeira Garota de Pigalle havia trabalhado num bar de topless, mas era a pessoa menos provável de ter feito isso. Explicara isso corretamente? Tinha mesmo importância? Até onde era importante enfatizar o fato de que ela era diferente de qualquer outra garota, num bar de topless ou em qualquer outro lugar — que não podia ser, nem nunca seria, definida por aquilo que fazia, somente por aquilo que era? Ou deveria esquecer por completo o bar de topless e nem sequer mencionar o que ela fazia para ganhar a vida? Não. Isso mudaria a relação entre ela e o piloto e ele precisava dessa tensão entre eles para justificar o que ia acontecer, embora tivesse uma idéia incompleta do que seria exatamente.

Era preciso que ela tivesse trabalhado num bar de topless para deixar o piloto ciumento e querê-la só para si, embora aquilo a oprimisse, fazendo-a ansiar por um tipo diferente de liberdade. Era preciso que ela se sentisse enjaulada, acorrentada pela paixão do piloto, quase sufocada. Pois esta seria a última vez que estariam juntos. Assim era a história de amor.

Fear juntou todas as folhas e leu-as de novo, mas ficou desorientado ao virar a página, frente e verso competindo por atenção da mesma maneira como o pátio competia com a sua atenção quando estava trabalhando. A letra que faltava na sua máquina de escrever o confundia ainda mais, pois ao usar o asterisco tinha a sensação de ler uma obra arbitrariamente censurada por algum editor invisível: *Marcas d* batom púrpura apar*ciam na sua gland*.*

Talvez devesse trocar por outro símbolo? Talvez o sinal de dólar fosse melhor, afinal? Lembrou-se de um romance escrito por um homem chamado Perec, que havia usado cada letra do alfabeto para contar a sua história, à exceção do *e*. Será que Perec tinha também problemas com sua máquina de escrever?

Olhou para a última folha de papel que restava e se perguntou se deveria poupá-la, começar um outro capítulo, ou reescrever a passagem anterior. Deveria continuar, sem pensar em nada, e depois trabalhar para trás, corrigindo seus erros, por tudo o que já tinha feito, e começar de novo pelo começo — supondo, isto é, que pudesse encontrar mais papel?

Colocou a última folha de papel no rolo da sua máquina de escrever e observou-a, meditando sobre a sua beleza limpa e virginal, e não ousou conspurcá-la nem com uma letra enquanto pensava sobre a Garota de Pigalle e o seu destino no mundo de Paris e em outros lugares. Os homens sempre tentariam mudá-la, amoldá-la, mas nunca conseguiriam, com o tempo sairiam da sua órbita com nada mais do que a memória de um beijo ou uma visão compartilhada de uma esquina, um coração arrastando-se no rastro de um táxi que desaparece.

O piloto estava perdido. Estava tragicamente encarnado. Queria liberá-la e mantê-la e, ao fazer isso, tirava tudo dela. Era um homem de poder, um veterano da vida e da morte, capaz de entender a necessidade e, no entanto, era travado pela imensidão do seu próprio ego, que havia encolhido e inflado ao longo de anos de insegurança e bravata, pois, naturalmente, ambos vão de mãos dadas quando não estão dialogando um com o outro. Se ele aprendesse a encarar a Garota de Pigalle como mais do que apenas um objeto do seu desejo, então poderia ser salvo. Seria por isso, talvez, que quisesse ir ao Louvre sem fazer sexo primeiro, para provar que ele a apreciava em sua inteireza e podia desfrutar de suas idéias tanto como do seu corpo?

17

Fear levantou-se da sua mesa. Agora não havia mais papel. Acendeu um cigarro, colocou o paletó e saiu para o pátio e para a rua. Virou à esquerda, para o café.

Pastis? Ou borgonha? Teia certinha? Ou teia doidinha?

Teia de pastis. Mas vai ter de botar na conta.

Dez francos?

Bem, tem ainda a taça que quebrei.

Esqueça a taça. É assim que fazem na Inglaterra?

O quê?

Fazem os fregueses pagar os copos quebrados?

Não consigo lembrar. Acho que depende se foi ou não um acidente.

Fear sorriu para a garota. Ela era simples, era verdadeira, mas seu sorriso resolvia tudo, transformando-a num anjo ao colocar uma taça no balcão e inverter a garrafa de pastis, inclinando-a levemente e depois recolhendo-a do modo como fizera antes para provocá-lo. Havia algo ligeiramente erótico naquilo — ou ele estaria se tornando obsessivo? Um dia destes teria de fazer amor com uma mulher, para que pudesse parar de pensar em sexo.

Madame Jaffré sabia que Fear queria um drinque e não um café; ela sabia que ele estava sendo apenas educado. Ocorreu a Fear que, embora ele nada soubesse sobre essas duas mulheres, elas pareciam capazes de enxergar através dele. Especialmente Madame Jaffré.

Madame Jaffré fazia jogos com ele, tinha um trunfo oculto. Quando lhe perguntara que planos de trabalho tinha, não ousou contar a ela que estava escrevendo um romance erótico, embora, se a sugestão original dela fosse séria, ele poderia oferecer o romance como uma sugestão comercial, até colateral, para conseguir de volta seu talão de cheques. Mas como podia saber se ela levava aquilo a sério ou não?

Está menos triste hoje, disse a garota do outro lado do balcão. Mais triste do que quando o vi pela última vez. Mas menos triste do que da vez anterior.

Que razão existe para ficar triste quando uma garota de olhos sorridentes lhe paga um pastis? Ainda que ela engane na dosagem?

Olhou para a garota e pensou no corpo debaixo do seu vestido e pensou nas pernas de Madame Jaffré e na garota italiana que certa vez enfiara as unhas em suas costas quando gozou dentro dela e no hábito de Gisèle de andar nua pelo apartamento e no fato de que não tinha mais papel e só restavam quatro, não, três cigarros. Então bebeu o pastis e, com um aceno, saiu do café.

18

Fear chamava a sua rua de Rocket Street porque ela parecia explodir no verão. Toda vez que pisava nela via algo que o surpreendia e o fazia piscar ou estremecer. Metade dela fora posta abaixo por construtoras e deixada como os restos de uma ou outra batalha, e parecia a Fear que era a destruição ao seu redor que havia alterado o comportamento das pessoas e que, em diferentes condições, essa neurose comunal sumiria como um nevoeiro numa manhã de fevereiro e tudo ficaria bem, todo mundo se veria subitamente em paz com o mundo. Mas não havia paz à mão aqui, havia sempre brigas, discussões, confrontações, os *clochards* implorando aos gritos um franco de algum infeliz transeunte ou morador local, perdendo a paciência, amaldiçoando a bola de demolição que pairava sobre suas cabeças, recuando da tensão tão exacerbada pelo calor de julho.

Ao seguir em frente, viu a velha corcunda indo até uma viela com uma caçarola cheia de comida de gato, outra mulher deitada numa soleira de porta de uma loja em ruínas, sua mão estendida aos passantes, a boca tentando encontrar a letra de uma velha canção do teatro musical há muito banida da sua memória, e três adolescentes saindo correndo do supermercado agarrando uma caixa e rindo do segurança que os caçava ao dobrarem uma esquina. Isto era Paris, mas isto era Rocket Street, uma tangente que levava da place de la Bastille até a place Voltaire e daí ao Père Lachaise, e tudo o que poderia acontecer aconteceria dentro de suas paredes desconexas, descascadas e manchadas de mijo.

Fear acompanhava o ritmo que colocava sua rua à parte de todas as outras e parou por um momento para absorver tudo aquilo, como se fosse o começo de um livro que poderia ou não ser uma história de amor, o livro que ele escreveria depois, quando estivesse morando em outro lugar, tendo ganho o seu sustento com seu romance erótico, ou possivelmente muito depois, quando, velho, cansado e grisalho, escreveria sobre sua vida por nenhum outro motivo a não ser testar sua memória.

Ergueria o olhar de novo para a place de la Bastille e depois olharia para a esquerda, para o Père Lachaise e a rua que subia suavemente até uma massa de verde, as árvores imensas projetando-se dentre as lápides e os mausoléus, a névoa de suor e bruma que pairava como uma nuvem sobre seus sombrios portais de granito, acolhendo a morte de braços abertos ainda quando caminhava pelas calçadas. Não, não era a bola de demolição que os deixava todos malucos, era a morte subindo a colina, seu rosto numa máscara, sua boca rasgada por um sorriso desdentado, enquanto se abaixava para apanhar um toco de cigarro das duras e difíceis pedras redondas.

Fear!

Era Agostini de novo. Olá, Agostini. Que está fazendo?

Estou tirando o dia de folga. Caminhando por aí. Quer ir ao cinema?

Não posso. Não tenho tempo.

O que aconteceu com o filme em que você trabalhava? A história do Buster Keaton? Era uma piada, Agostini. Verdade? Gostaria de vê-la.

Agostini, sabe que lhe devo mil francos.

Mil francos? Tinha esquecido.

Tinha esquecido? Ora, fico feliz em lembrá-lo.

Não se preocupe, Fear. Pode me pagar depois.

Pois é, estou sem papel para escrever.

Isso não é bom. Quero dizer, para um escritor ficar sem papel. É como eu ficar sem modelos.

Exatamente.

Então precisa de papel. Acho que eu tenho em algum lugar. Que tipo de papel? Enfim, tem de ser um tipo especial de papel?

Só branco. Sem nada impresso.

Para o seu livro?

Como sabia que eu estava escrevendo um livro?

Não sabia. Só adivinhei. E então, é sobre o quê?

Ainda não sei. Não estou seguro de que seja sobre alguma coisa. É apenas uma história.

É melhor esperar. E não contar nada a ninguém até que termine. Certo?

Quando tiver terminado, não vou ter de contar a ninguém a respeito. Poderão ler o livro.

Quando tiro uma foto nunca sei como é que vai sair.

Deve ser estranho.

E é. Tirar fotos é um mistério. Mas não é interessante.

Não entendo, Agostini. Espremer o mundo num retângulo perfeito dificilmente pode ser uma tarefa monótona.

Pegue, tem um dinheiro aqui, Fear. Você precisa de papel. Quero dizer, o que poderia ser mais ridículo do que um escritor sem papel?

PARTE III

19

O mestre vira-se para mim. Um sorriso se espalha por suas feições. A linguagem é mágica, diz ele. Transmite mais significados do que as palavras em si expressam.

Quais são esses significados, Mestre?, pergunto eu.

Cabe a você descobrir. Minha tarefa é criar significados. Sua tarefa é interpretá-los. Agora me deixe por algum tempo. Win e Wip cuidarão de você.

Win e Wip são as gueixas gêmeas que vieram ao meu quarto na noite passada. Win me lembra alguém, por algum motivo, enquanto Wip parece nova e diferente — um paradoxo, obviamente, pois são idênticas em cada detalhe.

Eu estava tomando banho. Houve uma batida na minha porta e saí do chuveiro para atender. Perguntei quem era, mas tudo o que ouvi foram risos abafados.

O mestre nos mandou, elas disseram em uníssono. Para relaxá-la depois de sua viagem. Deixei-as entrar. Elas deixaram claro que eu deveria continuar meu banho, ensaboando minhas costas e massageando meus membros cansados. Win entrou na banheira comigo enquanto Wip esfregava meus ombros e lavava meus cabelos. Passamos uma noite agradável juntas, especialmente depois do meu banho, quando elas se revezaram em fazer amor comigo.

Nunca tinha feito amor com outra mulher e no início fiquei intimidada, principalmente pelo fato de que eram duas. Wip apareceu com um consolo na forma de um pássaro, suas asas coladas lisamente ao longo de seu dorso, enquanto Win descrevia círculos em meus seios com seus dedos e debruçava-se para beijar meus mamilos. Wip roçava a cabeça do pássaro em meu clitóris. Só então me lembrei de uma provável precursora de Win, uma garota japonesa na escola secundária que certa vez tentou me agarrar nos fundos de um microônibus Volkswagen.

O mestre precisa ficar sozinho por longos períodos para meditar e se recompor, mas ainda assim permite que eu o observe trabalhando. É generoso, como sempre, nem se queixando nem me deixando constrangida quando assumo uma atitude incorreta ou talvez transfira meu peso de um joelho para o outro depois de permanecer imóvel o máximo de tempo que consigo. Trata-me diferente das gueixas porque sou uma ocidental e porque viajei muitos quilômetros para vê-lo. No entanto, é inevitável que peça tempo para si mesmo depois de executar seu haicai, pois não pode haver dúvida, agora que eu assisti em primeira mão, de que escrever um haicai é uma atuação, bem como um ato conceitual, um momento de veracidade em que o invisível e o visível se unem para se tornar uma só coisa.

Voltando ao meu quarto, reflito sobre os significados ocultos do haicai, da baía de Akashi, do navio que desaparece e do coração não especificado que o observa desaparecer por trás da ilha. São mais mistérios do que significados. E decido que um dia vou solucioná-los.

Win e Wip estão à minha espera. Elas me despem lentamente, dobrando meu quimono com cuidado e banhando-me depois dos rigores da manhã. O chá é servido, e a cerimônia interminável pela qual o Japão é famoso se prolonga ao longo da tarde. Fico sentada com as gueixas, sendo servida e oferecendo observações sobre seu país e sua cultura. Elas ficam em silêncio, dando risinhos ocasionais diante de meus comentários. Não entendem uma palavra do que falo.

20

Fear acordou da sesta. Depois de ter-se despedido de Agostine, fora até a papelaria e comprara uma resma de papel e depois rumara ao supermercado para comprar uma garrafa de pastis. Tinha voltado ao bar e comprado um drinque da garota com os olhos sorridentes e ficara lá por uma hora bebendo no balcão e fazendo piadas com ela. Depois voltara ao seu quarto e adormecera.

Sonhou que estava voando através de brechas nas nuvens e vendo lá embaixo os edifícios e monumentos que caracterizam a cidade, girando no ar — que era um gigante de pé nas margens do Sena, laçando o obelisco da Bastilha, arrancando-o do chão e fazendo com que toda a Paris fosse sugada no buraco assim criado. Nem mesmo as mulheres e crianças foram poupadas, todas caindo no lago abaixo, chorando e gritando por misericórdia, enquanto outros, os fantasmas da história e do futuro, observavam, impotentes.

Ele acordou, contente. Sabia que o alívio que sentira ao ser salvo de um pesadelo era infinitamente mais prazeroso do que ser arrancado de um sonho bom. A sensação de perda por ser incapaz de recapturar aquele mundo que fora criado para ele de forma tão artística era a perda dos tempos, um lamento pela própria vida, e recuou daquilo num horror desproporcional. No entanto, um sonho nada mais era do que a perda de proporção, uma faixa precisa de azul forrando a borda superior do céu, uma cabeça avolumando-se sobre um monumento vazio, uma linha seccionando um rosto num sorriso permanente e pensativo. Assim, enquanto os bons sonhos tendiam a deixá-lo triste, os pesadelos na verdade o revigoravam, mesmo quando provocavam abalos nas profundezas de sua alma.

Foi até sua mesa e sentou-se. Havia 500 folhas de papel empilhadas de um lado e o troco dos 500 francos do outro, sua máquina de escrever defeituosa no meio, silêncio no denso ar de verão. Olhou pela janela e viu Eton entrar no pátio e o observou tirar a chave do bolso da calça e abrir a porta da frente, fechando-a suavemente atrás de si. Por causa das amplas janelas do andar térreo, Fear podia acompanhar os movimentos de Eton enquanto ele caminhava até um armário e se servia um drinque antes de ir ao seu piano e pousar o copo numa pequena mesa redonda ao seu lado. Logo ele tocava música discordante, repetindo a mesma nota inúmeras vezes e registrando o que fazia numa partitura na estante de música. Eve trabalhava acima, surda ao trabalho de Eton e aos outros sons que ecoavam no pátio e acima dele. O que ela fazia? perguntava-se Fear. Olhou para Eton de novo antes de pegar a primeira folha de papel da pilha e colocá-la cuidadosamente no rolo de sua máquina de escrever. Estamos todos lutando com nossas reflexões, disse para si mesmo, antes de se perder no mundo elusivo e em miniatura do piloto e da Garota de Pigalle.

21

O restaurante estava cheio, mas uma mesa vagou quando eles esperavam no terraço. A Garota de Pigalle atraiu a atenção do garçom, e logo estavam sentados, olhando para o pátio do Louvre. Um homem vestido de alpinista limpava a pirâmide de vidro, e o piloto observou-o enquanto a Garota de Pigalle estudava o menu, tentando decidir o que comer.

Escolha o que quiser, garota, disse o piloto, colocando a mão na mesa e tocando as pontas dos seus dedos.

Quero salada, uma Niçoise.

Não entendo a pirâmide, disse o piloto. É apenas uma entrada?

É uma pirâmide. Não é apenas uma entrada.

O garçom veio e fizeram seus pedidos. O piloto pediu um martíni, e o garçom trouxe um vermute com um pequeno pedaço de gelo boiando, e então o piloto foi com o garçom para conversar com o barman. O piloto não falava francês e a Garota de Pigalle se ofereceu para explicar o que ele queria ao barman, mas o piloto não achou que isso funcionaria, pois levaria mais tempo para explicar à Garota de Pigalle o que era um martíni, e ela depois explicar ao barman, do que levaria para ele supervisionar a operação, embora não soubesse francês.

Você esquece que eu já trabalhei num bar.

Mas não sabiam o que era um martíni lá também.

Sim, sabiam. Patrick sabia tudo sobre martínis.

Quem é Patrick?

Conhece Patrick. É o barman. É da Califórnia, como você.

Mas não estamos no bar agora.

Não lembra? Quando nos conhecemos? Você gostou de Patrick. Foi por isso que voltava sempre. Porque Patrick sabia fazer um bom martíni.

Eu voltei por sua causa.

Não é verdade. Se Patrick não estivesse lá, não teríamos nos conhecido, porque você só falou comigo depois de vir ao bar algumas vezes e depois que se mudou de uma banqueta do bar para a mesa que eu servia. Por isso deveria agradecer a Patrick, pois sem ele não estaríamos aqui juntos.

Obrigado, Patrick.

O piloto levantou-se da mesa e foi falar com o barman e a Garota de Pigalle olhou para a pirâmide e para o alpinista, que escalava de um painel de vidro para o seguinte, limpan-

do-o. *Deveria estar limpando uma montanha, não uma pirâmide, pensou.*

Isto sim é um martíni, disse o piloto, voltando à mesa.

Patrick teria feito um melhor.

Não quero ouvir falar de Patrick.

Está com ciúmes. De um barman.

Não, não estou.

Sim, está. Não quer ouvir falar do bar nem de Patrick, embora sem os dois nunca teria me conhecido.

Mas isto é passado agora.

Sim, é passado. Mas o passado está sempre conosco. Nós o levamos aonde quer que formos. Pode ser um fardo, pode ser leve como uma pluma, mas nunca vai embora.

Não estou interessado no passado.

Não importa se está interessado nele ou não. Meu passado é importante para mim. Um dia vou voltar a ele e trabalhar no bar.

Não, não vai.

Você não quer me levar porque tem uma mulher em Los Angeles e tem seus filhos e amigos e seu golfe.

O piloto riu. Golfe? Não me lembro de ter mencionado golfe. Eu nem jogo golfe.

Todos os americanos jogam golfe. Se interessam mais por golfe do que por qualquer outra coisa. Um americano que atingiu um grau de perfeição no golfe só tem rival numa pirâmide de vidro.

Você está zangada.

Não quero ser guardada como uma pintura no Louvre que você pode olhar quando vem a Paris.

Com quem andou falando, garota? Conheceu outra pessoa? Por que desejaria trabalhar num bar quando pode ser livre, fazendo o que quiser.

Mas eu gosto de trabalhar no bar.

Não, não gosta.

Gosto. Mas você é ciumento. Mesmo que tenha uma esposa. Talvez eu devesse ter um amante também. Na verdade, já tenho. Tenho muitos amantes. Homens e mulheres.

E mulheres? Algumas golfistas entre elas?

Uma ou duas.

Como está a sua salada?

Como está o seu martíni?

O martíni está perfeito porque eu mesmo o preparei. E você é perfeita também. É como uma pintura, e é verdade que quero guardá-la como tal. É o que acontece quando um piloto conhece uma garota de Pigalle, ou uma garota de Pigalle conhece um piloto, qualquer que seja o ângulo por que você encare isso. E depois do almoço vamos deixar o Louvre para lá e atravessar o rio pela ponte sem carros e vamos de mãos dadas como duas pessoas que não têm um passado nem um futuro. Nos perderemos no vôo e nos esqueceremos da decolagem e da aterrissagem. E mesmo em pleno ar você pode voltar ao bar de topless e eu vou desligar o motor e mergulhar em queda livre numa taça de martíni maravilhosamente gelado pelo pedante Patrick.

E quanto à missão?

Esqueça a missão.

E o bombardeio?

Esqueça o bombardeio. A não ser que as forças do expansio-
nismo colonial nos ataquem peremptoriamente.

Claro. Você é o piloto. É o seu trabalho.

É o meu trabalho. E não é simplesmente um trabalho. A
não ser num 747, que é como um ônibus de Paris, mas com
asas. E você?

Eu?

Você pode ser uma pintura presa pelo cinto de segurança
ao assento do navegador. Se quiser. Assim estará segura.

Não me importaria de ficar segura por um tempo.

22

O amor pára o relógio, e a familiaridade o faz andar no dobro
da velocidade. Felicidade é a novidade e, à medida que o tempo
passa, todas as limitações, todas as falhas de caráter, empi-
lham-se umas sobre as outras numa pressão para empurrar
esses primeiros momentos de lado. Sempre foi assim, do primeiro
beijo da adolescência ao abraço prolongado e ávido da meia-
idade, e o piloto sabia que o que estava fazendo era desespera-
do e sem futuro, mesmo enquanto o fazia. Sabia que quando
entrasse no avião no dia seguinte tudo teria acabado, uma
fotografia jogada ao vento. Não havia nem sequer uma foto-
grafia desta vez; ele havia destruído a prova antecipadamente.

A Garota de Pigalle ficara zangada e agora sentia medo.
Perguntava-se se o piloto estaria fazendo um jogo com ela, para

testá-la. Ou falava sério quando disse que deveriam se esquecer da missão, que ela deveria voltar para o bar e reassumir sua vida? Ela não queria perdê-lo, a idéia de nunca mais voltar a vê-lo infundia nela o medo de Deus, mas se fosse sincera consigo mesma, saberia que tinha acabado também. Por que tudo se tornara tão sério subitamente?

Lembrou-se de quando conhecera o piloto, seis meses antes, e rememorou o tempo todo que tinham passado juntos, nunca pensando por um momento que nada teria de ser discutido. Por que as coisas sempre tinham de ser discutidas?

Conversaram saindo do restaurante e entrando no pátio do Louvre, o piloto segurava a mão da Garota de Pigalle com força e cada vez mais força e ela pediu que não o fizesse. Pisaram na Pont des Arts e ficaram parados olhando rio acima, seguindo um dos bateaux mouches enquanto deslizava por baixo do Pont Neuf e desaparecia atrás da Île de la Cité, e ambos sentiam-se melhor sabendo que poderia terminar, pois, no fim, reencontravam o início, um tempo em que cada palavra era uma nova palavra, cada toque de pele um novo toque.

Tinham ficado ali antes e se lembravam. O piloto abraçou a Garota de Pigalle e sentiu seu corpo debaixo das roupas. E a Garota de Pigalle sentiu o piloto contra si. Beijaram-se, e as ondas batiam nas pilastras da ponte, a maré passando célere por baixo deles em direção do mar, e um homem atrás deles tocava um violão e cantava mal.

O piloto sentia-se bem e revigorado, os martínis provocando tremores por seu corpo enquanto olhava para Paris e olhava nos olhos da sua garota. A Garota de Pigalle sorriu para ele, e nada mais importava, embora cada visão dela pudesse ser a última. *Isto é paixão, não amor, disse para si mesmo. Mas o que há de mau nisso? Todas as coisas criadas precisam ser recriadas um dia ou outro.*

Continuaram caminhando, para o Quartier Latin e ao longo da rue de Seine. Chegaram a um hotel com um nome americano e o piloto disse à Garota de Pigalle que era um sinal que deveriam seguir.

Já passou do limite, piloto.

Não estou nem na metade do caminho, ele replicou.

O homem na recepção foi gentil e entusiástico e levou-os ao quarto no último andar, que achava o mais apropriado, pois claramente estava acostumado com casais que se registram para passar a tarde.

Não temos televisão, disse, enquanto subiam no elevador.

A Garota de Pigalle deu um riso abafado, e o piloto fingiu raiva. Sem televisão, nada feito. Não percorri toda essa distância para deixar de ver televisão.

O quarto era simples e limpo e era um novo começo com lençóis novos. A Garota de Pigalle deitou-se nua na cama, e o piloto fez amor com ela como tinha feito da primeira vez, antes de fazerem piadas sobre voar para outros lugares. Esqueceu-se de quase todo pensamento que já tivera, esqueceu o passado e o futuro, e a atemporalidade do amor e do desejo, e uma tarde abastecida a martínis veio salvá-lo por meio da pele seca da sua garota. Quando se enfiou dentro dela, puxou suas pernas em torno do seu corpo, agarrou-a pelos ombros e beijou seus seios, estava ao mesmo tempo reduzido e elevado a tudo aquilo que se perdera dentro dele e percebeu que, ao se entregar a ela, tivera quase uma visão da eternidade, ou pelo menos uma ausência de tempo que não achava mais possível.

Toda a dor e todo o sofrimento de uma guerra distante e de uma paz distante sumiram como o rastro de vapor espesso de um F-111 embicando repentinamente para a direita e para cima, e ele olhou admirado enquanto o céu o reclamava, atraindo-o e absorvendo-o na massa magnânima de nuvem que segundos antes ele mal havia notado. O velho caça a jato deslizou para além do horizonte e o piloto deslizou com ele.

23

O piloto olhou ao seu redor no quarto. Tinha acordado, e sua garota dormia em seus braços. Acendeu um cigarro e olhou para o papel de parede deste novo lugar a partir do qual pararia e recomeçaria.

Notou agora que o papel que cobria as paredes também cobria o teto, e que a estampa, um pródigo jardim de plantas perenes levando ao mesmo castelo desbotado, estavam por toda parte à sua volta. Notou a junção do papel, mas não podia encontrar nenhum local onde o desenho fosse interrompido ou truncado sequer pela mais modesta das frações. Perguntou a si mesmo como alguém poderia ter colado papel nas paredes e no teto sem romper a continuidade de uma pétala ou de um caule e resolveu provar que tal feito era ilusório. Seguiu as linhas do papel de parede procurando uma discrepância, um tranco, a menor aberração que pudesse trair a falibilidade humana e, no entanto, não pôde ouvir o menor sussurro de discórdia no jardim que os cercava. Suspirou e acendeu um cigarro, e a Garota de Pigalle acordou com um olho primeiro, depois com o outro.

Qu'est-ce qui se passe?

Não temos televisão. Mas estamos deitados em meio a um milagre.

Milagre?

Sim, garota. Eu soube, quando vi este hotel da rua, que ele era especial.

É o Alabama.

Além do nome. Olhe à sua volta, garota. Alguém colou papel de parede nas quatro paredes e no teto e não existe uma junção sequer.

O que quer dizer, uma junção?

Ele conseguiu fazer com que a estampa continuasse em cada novo retângulo de papel. Este quarto deveria estar no Louvre.

Eu estava sonhando.

Eu também.

Não vou lhe contar o que sonhei.

Tudo bem. Senão estragaria. Como um desejo. Não devíamos falar mais.

O piloto esmagou o seu cigarro e brincou com a pele da Garota de Pigalle. Sabia que estava num jardim sem emendas e ininterrupto nos menores detalhes e queria guardar aquilo para si, como queria guardar sua garota para si. Brincou com ela e tocou seu corpo com os dedos, traçando linhas para a frente e para trás, sobre o seu estômago e seu quadril e de volta. To-

cou em seus mamilos e observou atentamente enquanto descia com o dedo por suas coxas. Traçou círculos por algum tempo, subindo uma coxa, descendo a outra, e então tocou no meio das pernas dela, colocando a ponta do dedo no clitóris e pressionando suavemente, girando de maneira quase imperceptível no mais minúsculo dos círculos. Os olhos se cerraram mais e ele olhou para ela enquanto gozava, a boca abrindo e fechando, a cabeça virando de lado a lado.

24

A teia da aranha pendia flacidamente sobre sua cabeça, impelida por uma brisa súbita. Olhou abaixo da janela e viu outra teia. Era precisa e perfeita, como um desenho, e a aranha estava presa dentro dela. A aranha não tinha consumido bebida, drogas, nem nicotina, nem qualquer outra coisa que pudesse ter perturbado a manufatura de sua teia, que era mais como um desenho do que uma teia, tão perfeita que parecia em cada detalhe. A aranha era abstêmia e nunca dera um passo errado, mas agora estava morta, tendo provavelmente morrido de tédio ou perfeição ou de ambas as coisas, e a teia era inútil agora, todo o trabalho despendido nela fora para nada, a não ser por um objeto de interesse estético e simbólico para o poeta.

O v*lho caça a jato d*slizou para al*m do horizont* * o piloto d*slizou com *l*.

NOITE EM PIGALLE

E a aranha morta oscilou ligeiramente, enquanto Fear abria a janela para deixar uma brisa penetrar no quarto. O telefone tocou e era Harm para dizer que não tinha partido na sua viagem e que só iria depois que Fear pagasse o dinheiro que lhe devia. Fear ouviu a mensagem debruçando-se e colocando o ouvido na tampa da mala e depois sentou-se aprumado à sua mesa, de modo que o som de Harm migrou para outra parte do quarto, para outra parte de sua mente, calando a voz para que a Garota de Pigalle pudesse reagir em paz às carícias do piloto.

O piloto estava deitado de lado, sua pica tão dura quanto era possível, e a Garota de Pigalle a segurava suavemente, trazendo-a à sua boca e tocando sua ponta com a língua e pegando suas bolas com a palma da outra mão em concha, um ato de amor que automaticamente agradaria ao piloto e que agradaria à Madame Jaffré e que agradaria a todos os pilotos e gerentes de banco do mundo e quem quer que pudesse comprar o livro e se identificar com uma simples história de amor enquanto deitados em mil quartos de hotel, esperando o sol nascer ou se pôr, ou talvez ficar onde estava.

Sim, fiz amor com uma mulher, disse a Garota de Pigalle. Fiz ela gozar com meus dedos e a beijei nos lábios, e ela me tocou por todo o corpo. E havia um homem lá também que não era um piloto e fez amor comigo enquanto a mulher o beijava e tocava. E então ela fez amor com ele e eu a tocava também, e depois cansamos e dormimos por um tempo e nunca mais os vi.

Foi um sonho?

Não posso lembrar. Só posso lembrar de você.

Isso não é verdade. Mas, enquanto estivermos cercados por este jardim de papel de parede, podemos admitir que é verdade. Quanto a mim, não precisa me guardar na lembrança, estou aqui com você, no jardim.

Mas eu me lembro de você. Isto é uma lembrança que estamos fabricando. É o passado e estou olhando para ele em retrospectiva, estou observando você e eu enquanto nos abraçamos, porque é a última vez e, mesmo que não seja, é melhor pensar que é.

O que quer dizer, garota?

Toda vez é a última vez a partir de agora. Assim não estragaremos a coisa. E quando seu avião cair no futuro, como você disse certa vez que cairia, eu estarei embaixo, lembrando. Está bem assim. É como as coisas são. E não há nada que possamos fazer a respeito.

Ainda podemos escapar.

Não há escapatória. Observamos um ao outro, vimos um ao outro de perto e de longe, e tudo o que fizemos está entre nós, uma barreira tão larga e profunda como o profundo mar azul.

25

Fear havia colocado a Garota de Pigalle e o piloto no quarto de papel de parede sem emendas no Alabama porque era o quarto que havia dividido com a Garota de Pigalle na única noite que haviam passado juntos.

Ele a conheceu no Armistice e comprou-lhe champanhe, que o garçom colocou na conta. E a tinha levado ao Alabama porque seu amigo Brandt trabalhava lá à noite e lhe emprestara uma chave de graça. A Garota de Pigalle estava bêbada e ele se aproveitara dela, mas também sabia que ela precisava dele por suas próprias razões.

Fear tinha chegado ao Armistice já de noite, tendo jantado com Agostini na brasserie da rue des Écoles. Tinha passado o dia com Agostini, que o convidara para jantar depois.

Agostini fora contratado para tirar fotos de uma modelo usando lingerie num quarto de hotel. Precisava de alguém que atuasse como um extra e perguntara a Fear se queria fazer aquilo.

O que tenho de fazer, Agostini?

Simplesmente representar seu próprio papel, Fear.

Fear foi ao Ritz no começo da manhã e esperou numa suíte do último andar, enquanto as pessoas chegavam para instalar as luzes e rearranjar os móveis. Agostini deu várias instruções e conversou com a modelo enquanto era maquiada por um homem baixo, com um brinco e um defeito de fala. Levou Fear para um canto.

Apenas sente-se e relaxe ali adiante, Fear. Tome café ou coisa parecida. Eu lhe digo o que fazer quando chegar a hora. Isto não é muito bem pago, lamento. É editorial.

Editorial?

Você sabe. Para a revista. Mas não se preocupe. Vou levá-lo para jantar hoje à noite. E você leva mil francos.

Obrigado, Agostini. Vou receber em dinheiro?

Claro. Vamos encontrar algum dinheiro. O que estamos fazendo aqui é uma espécie de história de filme noir. É o que todas as revistas estão fazendo no momento.

Por que estão todas fazendo a mesma coisa?

Não faça perguntas, Fear. Não temos tempo. Você é uma espécie de gângster. Marlene é uma top model, que em breve vai ser realmente grande. Vão colocá-la no próximo filme de James Bond.

De onde ela vem?

De Kiev, eu acho. Algum lugar assim.

É tão alta. Como pode uma mulher ser tão alta assim sem ser uma aberração?

Mantenha sua voz baixa, Fear, ok?

Levaram duas horas para preparar a primeira foto, e quando chegou a hora Fear estava posicionado do lado da modelo, com uma arma na mão que lhe fora dada por um técnico.

Espero que não esteja carregada, disse Fear, apontando-a para a garota conforme lhe haviam ordenado.

É melhor alguém checar, disse a garota, afastando-se de Fear. Quem é este cara? É um ator?

Claro que é um ator, Marly. Alguém pode verificar a arma de novo, por favor?, disse Agostini, virando-se para um dos técnicos.

Claro que não está carregada, disse o técnico.

Mas eu quero uma nova checagem, disse Agostini.

Vejam bem, se alguém não checar imediatamente, estou de saída, disse Marly.

O técnico pegou a arma de Fear e atirou para o ar. Nada aconteceu.

Está vendo?

Ok. Vamos continuar. Fear, segure Marly pelo pescoço e coloque sua mão sobre a boca da mulher, apontando a arma para o pescoço dela com a outra mão.

Fear fez o que lhe pediram. Ele está borrando a maquiagem, Agostini, disse Marlene.

Não tem que fazer de verdade, Fear. Apenas interprete, ok?

E lá ficou ele, interpretando como se segurasse a garota em seu braço e apontasse a arma para o seu pescoço. Agostini começou a tirar fotos e parecia satisfeito com o que fazia, cumprimentando Fear e Marlene pela pose que tinham conseguido fazer. Fear sentiu a frieza da modelo e o seu desinteresse por ele enquanto apertava o cano da automática contra seu pescoço e sentia o corpo dela contra o seu. Estavam congelados juntos num canto da suíte do hotel, cegados pelas luzes, que mandavam uma gota de suor da têmpora de Fear sobre o ombro da garota. Enquanto Fear interpretava, ela recuava como se ele a ameaçasse realmente, e a expressão no rosto dela era de surpresa e pânico genuínos, que Agostini achou perfeitamente apropriada.

Fear passou o dia na suíte do hotel sendo fotografado em várias poses. Foi amarrado numa cadeira com as costas para Marly, que estava em outra cadeira, e mandaram deitar no chão, fingindo-se de morto. Agostini corrigia sem parar os esquemas de iluminação e tirava rolo após rolo de filme da modelo ajoelhada no chão e de Fear deitado no meio do quarto ao lado dela. Os técnicos se movimentavam de um lado para o outro, mudando a posição das lâmpadas, colocando filtros coloridos sobre elas e depois retirando-as, retocando a maquiagem de Marlene e espanando pó do colarinho de Fear que caíra do rosto de Marlene quando ela se debruçou numa atitude de choque e preocupação. Fear estava exausto, fora para a cama tarde e levantara cedo para trabalhar em sua *Saga de Elka*, e adormeceu enquanto todo mundo administrava a cena. Acordou sobressaltado e viu Marlene debruçada sobre ele.

O que está acontecendo? Onde estou?, gritou.

Tudo bem, Fear. Não se preocupe. Vai acabar num minuto, disse Agostini.

Quem é este cara?, perguntou Marlene.

É um poeta na vida real, Marly. Você gosta de poesia, não gosta?

Então ele não é um ator.

É um ator de situações. Era o que precisávamos para isso.

Mas podia ter me matado.

26

E assim, no fim do dia, Agostini levou Fear para jantar, com alguns dos outros que tinham trabalhado na produção das fotos. E, depois do jantar, Fear recebeu seus mil francos de Agostini, que lhe disse que foi um bom trabalho.

Eu não fiz nada, Agostini. Isso é um bom trabalho?

Isso é um bom trabalho, Fear.

Fear caminhou pelo bairro com seus mil francos, sentindo-se mais rico do que se sentira em semanas. O dinheiro queimava no seu bolso, e caminhou até um bar para ver se algum de seus amigos estava lá. Queria pagar-lhes um drinque, mas ou já tinham ido embora ou viriam depois, por isso ficou sentado no bar e bebeu um martíni, conversando com o barman sobre a vida, Paris, mulheres e o que ele havia feito naquele dia para ganhar mil francos.

Ela era bonita, Fear?, perguntou o barman.

Era grande.

Gosto de mulheres grandes, disse o barman.

Onde estão os rapazes?, perguntou Fear.

Estão por aí.

Uma hora e tanto depois, os rapazes chegaram e Fear pagou-lhes drinques porque sempre lhe pagavam drinques e agora era a sua vez. Ainda queriam oferecer-lhe drinques, embora ele insistisse, e quando acabaram de beber e conversar Fear chamou o barman de lado e pagou a conta. Agora só lhe restavam alguns francos e não queria que os rapazes começassem a pagar bebida para ele, por isso se despediu. Eram duas horas.

Por que está indo agora, Fear? Tem um encontro?

Fear deixou o bar e partiu para a rue de Buci, sentindo o efeito do vinho do jantar e dos martínis. Sentia-se bem, tão bem como algum tempo atrás, e sua embriaguez voejava da cabeça ao coração e ao estômago como uma borboleta que não podia se decidir onde pousar. Não era ainda primavera, mas podia ver que as árvores floresciam e sabia que logo Paris seria um lugar diferente de novo.

Parou no Armistice para a última dose antes de dormir e escolheu uma mesa num canto. Havia uma jovem sentada em outra mesa, sozinha, lendo um jornal e bebendo o que devia ser conhaque. Fear pediu ao garçom para trazer uma garrafa de champanhe porque sabia que poderia colocá-la na conta e porque se sentia atraído pela garota e achava que, com uma garrafa de champanhe à mão, poderia persuadi-la a juntar-se a ele. Podia dizer que era seu aniversário.

Pergunte à jovem se ela gostaria de um drinque, Fear disse ao garçom quando ele trouxe a garrafa.

O garçom caminhou até a garota e a garota virou a cabeça na direção de Fear. Fear tentou parecer menos bêbado do que estava e o sorriso resultante foi provavelmente mais grotesco do que atraente. Parou de sorrir e, assim que parou, a garota sorriu para ele.

É o seu aniversário?

Era, sim, disse Fear, que nunca conseguia mentir, apenas distorcer a verdade, de vez em quando.

Feliz aniversário, então, disse a garota, erguendo o copo que o garçom lhe havia servido.

Fear perguntou se poderia juntar-se a ela na sua mesa e ela consentiu. Beberam champanhe juntos e deram explicações por que estavam sozinhos.

Sou um poeta, disse Fear.

E eu estou apaixonada por um piloto.

E onde está o piloto?

Está no ar.

Faz sentido. Quando vai descer?

Não sei. Decolou ontem e nunca mais vou vê-lo.

É sempre assim?

O que quer dizer?

Sempre diz a si mesma que nunca mais vai vê-lo quando ele decola?

Não. Só agora.

Que pena.

Ele tem ciúmes de mim, mas sou fiel. E tem uma esposa. Sou sua amante, e ele está no ar voltando para sua mulher.

Talvez devesse ser infiel a ele. Poderia sentir-se melhor.

Com quem? Com você?

Não quero me usar como um exemplo.

Quando a garrafa esvaziou, Fear agradeceu ao garçom e deu-lhe como gorjeta os poucos francos que lhe sobravam no bolso. O bar estava fechando e Fear abriu a porta para a garota. Caminharam juntos pelo bulevar para que a garota pegasse um táxi. Não havia táxis disponíveis, por isso Fear disse que telefonaria para um deles do Alabama. A garota estava sentindo o efeito do conhaque e do champanhe, e Fear a amparou pelo ombro enquanto caminhavam. Quando chegaram ao Alabama, ele a fez parar na rua e beijou-a. Ela devolveu o beijo, e se abraçaram com força, como se à espera, no convés de um navio que está afundando, de que o mar os engolisse. Então ele a pegou pela mão e levou-a ao hotel.

Se Brandt estiver aqui, então este será realmente meu aniversário, pensou.

27

Fear e a Garota de Pigalle ocuparam o quarto com o papel de parede sem emendas em que Fear colocaria a Garota de Pigalle e o piloto três meses depois. Mas nada do que aconteceu entre a Garota de Pigalle e o piloto aconteceu entre a Garota de Pigalle e Fear, porque Fear havia bebido demais e porque se sentia um cafajeste em se aproveitar da Garota de Pigalle, embora a embriaguez geralmente servisse para amortecer sua consciência.

Sentia pena da Garota de Pigalle e do piloto e, embora soubesse que o piloto tinha uma esposa e era infiel a sua amante, não podia fazer amor com a garota — ainda que tivesse condições. Ou estava apenas arranjando desculpas, disfarçando sua incapacidade de fazer amor com retitude moral? Estaria mentindo para si mesmo?

Quaisquer que fossem as razões ou motivos, ou falta de motivos, Fear se viu deitado na cama com a Garota de Pigalle, enquanto a Garota de Pigalle estava deitada nua ao seu lado, em sono profundo. Olhou para o corpo da Garota de Pigalle e pensou em fazer amor com ela e sobre como seria e depois olhou para o teto, acompanhando o desenho do papel de parede que fora colado por um mestre jardineiro cujo ancestral havia provavelmente plantado os jardins de Versalhes e de Luxemburgo e vários outros labirintos, demais para mencionar. E então ele também adormeceu.

Naturalmente, ao acordar, havia a possibilidade de que fariam amor. Ressacas geralmente aumentavam o apetite sexual de Fear, mas, quando viu a Garota de Pigalle deitada nua ao seu lado, decidiu abandonar qualquer tentativa de sedução. Para mitigar os traços de culpa que marcavam a sua ressaca como as bordas de um copo de vinho barato, decidiu a partir dali tornar-se algo que sentia que lhe faltava desde que deixara Gisèle poucos meses antes: um cavalheiro. Levantou-se da cama e preparou um banho para a Garota de Pigalle e desceu para conseguir café e croissants. Quando voltou ao quarto, a Garota de Pigalle estava sentada no banho, agarrando as pernas com as mãos, seus ombros curvados, olhando à sua frente no espaço que era o seu coração.

Fear colocou o café da manhã sobre a mesa do quarto e acendeu um cigarro. Tinha comprado um jornal para checar os resultados das corridas de cavalos e esperava que a Garota de Pigalle saísse do banheiro. Tomaram o café da manhã juntos e sentiram-se relaxados na companhia um do outro, falando sobre cavalos, Paris e a primavera, que parecia mais iminente aquela manhã do que na noite anterior.

Fear foi ao banheiro e lavou o rosto, alisando os cabelos para trás com os dedos. Olhou para a banheira e a água ainda nela e ficou espantado pela sua clareza, como se ninguém a tivesse usado. Era mais como o verso de um poema do que o resíduo de um simples ato de limpeza por uma mulher mais bonita do que ele podia imaginar. Voltou então ao quarto e beijou a Garota de Pigalle no rosto.

Não disseram mais uma só palavra um ao outro. Saíram caminhando por Paris, e Fear levou a Garota de Pigalle

ao ponto de táxi e esperou com ela até que um táxi apare-
cesse. Quando o táxi chegou, abriu a porta para ela. Ela
embarcou, abriu a janela e ergueu o olhar para ele por um
momento. Sorriu.

Nem sei o seu nome, ela disse.

Fear. E não sei o seu. Só sei que vem de Pigalle.

Aqui, disse ela, escrevendo num maço de cigarro e passando para ele. O táxi afastou-se e desapareceu no bulevar,
virando a esquina e sumindo, e Fear se viu de pé ali, imóvel,
sem saber o que fazer. Olhou para a palma da mão e olhou
para o maço de cigarro. O telefone dela estava claramente
escrito. Mas não tivera a idéia de acrescentar o seu nome.

PARTE IV

28

O mestre e eu conversamos. Ele dispensou Win e Wip com um aceno de mão e elas se foram pelo momento, para atrás da porta de tela na extremidade do quarto.

Espero que não se importe, Amor, quando digo que considero as mulheres uma distração. Esta, é claro, é a sua função. Quanto mais bonitas, maior a distração. Você acha Win e Wip bonitas?

Sim.

Foram gentis com você?

Sim.

São ninfomaníacas, ambas. Espero que não tenham tentado molestá-la.

Não, Mestre.

O mestre sorri. Inspirei-me em Wip de vez em quando, especialmente num de meus haicais mais recentes. Pedi que posasse para mim e a olhei nos olhos. Instruí que deixasse de dar risinhos enquanto eu trabalhava e separei-a de Win, pois quando as duas estão juntas sua tagarelice telepática é ainda mais dispersiva do que a sua beleza. Mas seus risinhos continuaram incontidos. E com razão, pois, uma vez mais, eu as havia confundido e desenhava minha inspiração não a partir de Wip, mas de sua irmã.

O que existe num nome?, diz o Mestre. Teria eu confundido seus nomes, ou seus rostos? Que diferença fazia? O poeta desenha a partir da personalidade ou da aparência? Para mim, as gêmeas simbolizam o dilema do poeta entre envolvimento e abstração.

Somente por meio do visual é que eu atinjo um conhecimento das coisas, continua o mestre. Tivesse nascido na sua época, eu tiraria fotografias, que eu considero a mais profunda e duradoura das formas de arte — profunda porque convida a um grau de observação totalmente desprovido de meio-termo, duradoura por causa da sua inequívoca exigência de perfeição. Enquadrar com sucesso num retângulo aquilo que a natureza proporcionou num círculo é apreciar e entender a beleza elementar da existência. Escrever, dentro de mil anos, seguramente terá se tornado redundante. Os únicos mestres serão aqueles capazes de segurar uma câmera corretamente.

O fotógrafo é grandemente respeitado em nossa época, mestre. E o mais bem pago.

Isto não me surpreende. E os poetas? Ainda existem?

Sim. Mas encontram dificuldades para ganhar a vida, porque tão poucas pessoas lêem o seu trabalho.

Claro. Esta é a era das palavras. A sua é a era das imagens. Se eu fosse viver no século XX, passaria o tempo observando, de um modo muito parecido com o que faço agora, mas me expressaria em imagens mais do que em hieróglifos. Deixaria meu pincel, minha tinta e meu papel-arroz no lugar a que pertencem, nesta mesa, esperando que outra era reaparecesse, que outro mestre ponderasse sobre a relevância e o mistério da criação artística, e empunharia a câmera e tentaria o que eu considero essencialmente um paradoxo, destilar do mundo que me cerca a minha própria estética interior. Enquanto isso, estou aqui, e isto é tudo o que tenho com que trabalhar — com Win e Wip, cuja beleza e incorrigíveis risinhos tanto me divertem e enfurecem. Qual delas prefere, a propósito?

É difícil dizer.

Por que não pode distingui-las?

Não, porque ainda não me decidi.

Não acredito em você. Elas a enganaram. Como enganaram a mim. Talvez sejam elas os mestres, e nós, os escravos de sua invenção.

29

A capacidade de se abstrair do momento não é dada a todos. Pode ser perigosa. Pessoas foram atropeladas ao lembrar um sonho e nunca viveram para explicar por que caminhavam quando deveriam ter esperado.

Salt atravessou o bulevar, o telefone celular grudado na orelha como uma concha. Pedestres que esperavam nos sinais o observavam quando se esquivou de um carro, de um ônibus e depois de um táxi. Quando chegou do outro lado, parou e, enquanto estava lá, o sinal abriu, e os pedestres que aguardavam atravessaram o bulevar, alcançando-o e o levando no seu rastro. Continuou o seu caminho, mas depois de algum tempo se deu conta de que estava do lado errado do bulevar e então atravessou de novo, sempre falando ao telefone. Estivera à procura de Fear o dia inteiro, discando números e se perguntando se ainda estaria em Paris. Ligara para o quarto de Fear e tentara o serviço de informações e ainda não tinha idéia de onde poderia estar.

Salt tinha ganho uma fortuna dez anos antes produzindo um filme baseado num obscuro romance dos anos 1950, de cujos direitos se apropriara depois de encontrar o volume num buquinista no quai des Célèstins. Contava a história de um funcionário público inglês que servia na Índia e foi forçado pelas circunstâncias a administrar o reino de um marajá depois que o herdeiro provável e seu pai são mortos num acidente brutal (Rolls Royce, passagem de nível). A história era um Rudyard Kipling de quarta categoria, mas, como a demanda de filmes nostálgicos relacionados ao Raj britânico parecia insaciável, Salt conseguira marquetear o produto acabado à perfeição. Todo o mundo ocidental não queria compartilhar do passado ilustre da Inglaterra, acoplado a interpretações empolgantes, roupagens fantásticas e nada menos do que três locomotivas a vapor originais?

Salt tentara em vão repetir esse sucesso desde então, procurando idéias de potencial similar. Nenhuma tinha funcionado, no entanto ele ainda se agarrava à crença supersticiosa de que os ingleses eram os melhores escritores para esses propósitos e os buscava com uma convicção que impressionava sua mulher e divertia seus concorrentes.

Fora levado a Fear por um homem que trabalhava na livraria inglesa em Saint-Germain. Fear certa vez escrevera um romance passado em Portugal, e o homem da loja o recomendara ao americano um tanto nervoso que procurava uma história de interesse comercial. Leu a publicidade na capa e os primeiros três capítulos antes de comprá-lo. Foi em seguida apresentado ao autor pelo vendedor quando Fear estava por acaso na mesma livraria, duas semanas depois.

Comédia. Tragédia. Não me importa, disse a Fear. Mas algo pertinente aos anos 1990.

Salt nunca chegou a entender a história de amor de Fear, mas gostava da idéia de deslocar a ação da Los Angeles dos anos 1920 para a Paris dos anos 1990 e da mulher de Buster Keaton perdendo-se na Eurodisney, enquanto Buster tinha um caso com uma caixa de supermercado em Paris. Não a mostrou para os estúdios de Hollywood, porque sabia que não a entenderiam também. Na verdade, esqueceu-se por completo da história durante um tempo, concentrando-se em outros projetos que achava mais viáveis comercialmente, mas nos quais perdeu o interesse à medida que o tempo passava e o apoio comercial escasseava. No dia anterior, porém, teve notícias de uma rede de televisão francesa que desejava levar avante o projeto e agora tinha fundos à sua disposição para tocá-lo.

Salt não era mais um homem rico. No passado, com um bom advogado, nunca tivera problemas em lidar com autores que reclamavam direitos sobre suas obras. Mas era diferente nos anos 1990. Salt queria comprar Fear pagando-lhe os 500 dólares que lhe devia, junto com os 10 mil que lhe prometera quando o filme entrasse em produção e não podia seguir adiante antes de solucionar a questão. Preocupava-o o fato de poder ser processado por Fear depois, por isso havia preparado um contrato que excluía o autor de quaisquer benefícios do filme, confiante de que uma proposta de dinheiro pronto o atrairia.

Era por isso que Salt caminhava pelo bulevar, atravessando-o para trás e para a frente e dando telefonemas no seu celular, discando o velho número de Fear de novo para verificar que ninguém sabia do seu paradeiro e tentando pensar em alguém mais para quem pudesse telefonar que pudesse saber onde ele estava.

Parado num cruzamento mais adiante no bulevar, ainda tentando se livrar do único impedimento que prejudicava sua reputação, ele se deu conta subitamente de que havia pisado fora da calçada e estava na rota de um ciclista. O ciclista desviou para a direita a fim de evitá-lo e atingiu uma mulher que empurrava um carrinho de criança do outro lado da rua.

Vou chamar uma ambulância, gritou ele, virando-se para a mulher e o ciclista, que agora estava caído na sarjeta.

O ciclista ergueu os olhos em tom de súplica, e Salt pairou um momento antes de discar o número de emergência no seu telefone. Dois minutos! Gritou, continuando ao longo do bulevar e virando-se para o ciclista, que agora havia ganho a segurança da calçada.

Ligou então para o seu escritório.

Anote aí, Françoise. Pequeno acidente de trânsito junta homem e mulher. Mulher segura o homem em seus braços enquanto esperam uma ambulância. Seus olhos se encontram. Apaixonam-se. À primeira vista. Faça desta uma história de amor entre mil outras passadas na Paris contemporânea, toda ligada por incidentes ocasionais, a linha condutora sendo o trânsito.

Uma ambulância passou uivando com sua luz azul piscando e a sirene rompendo o ruído do tráfego enquanto se dirigia para o bulevar. Salt acompanhou a sua passagem e depois ergueu o olhar para o céu, o telefone no ouvido.

Uma mulher está de coração partido. Decide jogar-se da Pont Neuf. Pula no momento exato em que seu amante aparece na ponte e corre em sua direção. O homem corre para o outro lado da ponte, para superar a maré, mergulhar e salvá-la. Mas não chega a fazê-lo. É atropelado por um carro. Agora percebemos que a mulher não se afogou. Caiu numa barcaça de carvão.

E então, subitamente, ele colocou o telefone de volta no bolso e marchou para a distância.

30

A Garota de Pigalle olhou para o teto e lembrou que estivera antes naquele mesmo quarto com o inglês que não fizera amor com ela, apenas lhe preparara um banho e fora buscar o café-da-manhã.

O que é que há, garota?

Nada.

Não acredito em você.

Vamos.

O piloto e a Garota de Pigalle se vestiram em silêncio e pegaram o elevador para o saguão.

Desculpe pela televisão, disse o homem na recepção.

Que televisão?, perguntou o piloto.

Saíram à rua, atravessaram o bulevar e subiram a rue de Seine.

Vamos aos jardins. Ficam por aqui, não?, disse o piloto, pegando a mão da Garota de Pigalle.

Viraram à direita, em direção à place Saint-Sulpice e passaram pela imensa igreja que ocupava um quarteirão da cidade à sua esquerda.

Você não me trouxe aqui uma vez para ver umas pinturas?

Os Delacroix.

Vamos entrar e ver de novo.

Não quero vê-los de novo. Quero ver coisas novas.

A fonte criava um vapor de ar fresco acima de suas cabeças enquanto atravessavam a praça, e a Garota de Pigalle parou para colocar a mão na água e passar algumas gotas na sua testa. O piloto beijou-a e ergueu o olhar para a igreja e depois pegou a Garota de Pigalle pelo ombro e beijou-a de novo.

Paris é sempre como um sonho para mim, disse ele. Como uma pintura. Como é que as pessoas vivem num lugar que parece uma pintura?

Estão acostumadas, capitão. Estão acostumadas a Paris, e Paris está acostumada com elas. Caminho pela cidade sem reparar às vezes. Pertenço a ela e, no entanto, poderia partir amanhã e nunca mais voltar; e, se eu voltasse já velha, nada teria mudado. Só haveria mais boutiques e menos livrarias.

Quando chegaram aos jardins, passaram por pessoas que jogavam xadrez e tênis, mais acima. Turistas tiravam fotos uns dos outros e crianças passeavam em pôneis. No alto, perto da rue Vavin, olharam para as árvores frutíferas que haviam sido cuidadosamente plantadas em ziguezague.

É exatamente como o papel de parede, o piloto disse. Só que aqui não há nem sequer uma emenda no papel.

Era fim de tarde, e o sol lançava sombras pelos caminhos, enquanto eles se dirigiam para o pequeno lago redondo. Barquinhos de brinquedo se concentravam na calmaria perto do centro do lago, e o piloto ajudou uma criança a puxar um iate com a ajuda de uma vara. As crianças ficavam à parte do mundo adulto, e o mundo adulto observava, lembrando sua própria infância, um navio em calmaria, um pouco além do seu alcance. O piloto e a Garota de Pigalle ainda caminhavam de mãos dadas, mas não falavam nada, apenas ao longo de linhas paralelas de significado e, ao fazê-lo, se perguntavam o que o outro estaria pensando.

O que está pensando?, perguntou a Garota de Pigalle.

Ia justamente perguntar a mesma coisa.

Ambos ficaram felizes de sair dos jardins. A Garota de Pigalle se ressentia da sua perfeição e ordem. Achava que tinham amortecido seus sentidos; eram bonitas demais e inadequadas à sua desordem mental. Não queria ver famílias, crianças e amantes de mãos dadas e beijando-se, todos contentes com suas vidas, organizados, casados, instalados, seguros, arranjados com tanto cuidado quanto os canteiros de *flores e os renques de árvores frutíferas. Queria estar em outro lugar, longe de Paris, à beira-mar, aonde fora certa vez com um homem cujo nome esquecera, ou no ar, acima das nuvens, onde não havia nada a obstruir a visão. O homem queria casar com ela, e ela riu dele. Como fora cruel ao rir; sua risada ecoava agora em seus ouvidos quando erguia os olhos para o céu e via o vazio que era o seu futuro.*

É hora do coquetel, disse o piloto. Estamos atrasados.

31

Desceram o bulevar na direção de Saint-Germain-des-Prés. O piloto sabia que seria difícil encontrar alguém que soubesse preparar um martíni e sugeriu que fossem ao Ritz, ou ao Harry's Bar, mas a Garota de Pigalle conhecia um lugar onde uma pessoa amiga trabalhava perto dos Halles, e então foram para lá.

O bar era no estilo americano, e o piloto sabia que não teria de gastar muito tempo explicando como as coisas deveriam ser feitas.

Está sempre numa missão, capitão?

Nem sempre. Às vezes estou de folga. Depende.

Do quê?

Com quem estou e se completei uma missão recentemente. A lei prevê um descanso entre missões. É uma lei baseada no bom senso, não nas médias de desempenho, e está diretamente ligada ao índice de ataques bem-sucedidos.

Mas, mesmo quando não está numa missão, ainda está tentando encontrar o martíni perfeito.

Eu o venho procurando há anos. Quase o encontrei poucos anos atrás, mas escorreu por entre meus dedos.

O que acha deste local?

É como a América. Qual deles é a pessoa amiga?

A garota. Não se preocupe. Não precisa ficar com ciúmes.

Embora você durma com mulheres também.

Aquilo foi uma brincadeira.

Ela é bonita.

Agora estou com ciúmes.

Não fique com ciúmes.

Ela é bonita. Devo pedir que prepare o seu martíni para você?

E mulheres sabem preparar martínis?

Vamos ver.

Diga a ela como quero, com casca de limão. Pode dizer isso em francês?

O que quer dizer?

Tente em americano primeiro.

A Garota de Pigalle pediu o martíni, e sua amiga entendeu como fazê-lo. Trouxe o martíni para o piloto e colocou-o à sua frente.

Está bom?, perguntou a Garota de Pigalle.

O piloto sacou um pequeno Havana no bolso da camisa e acendeu-o com um fósforo. Exalou uma pequena nuvem de fumaça acima do bar e depois tomou um gole do martíni. O martíni desceu por sua garganta e atingiu o ponto que deveria atingir para que soubesse se era bom ou não. A nicotina do charuto foi para outra parte, em direção à sua cabeça, encon-

trando-se com o gosto do martíni e reconhecendo-o educada-
mente. Seu corpo reagiu ao que lhe era dado e ao ato amoroso
que havia precedido o martíni e o charuto uma hora antes, que
ainda fazia suas pernas se sentirem fracas e sua virilha
formigarem.

O momento era pleno, e não havia passado nem futuro em
seu caminho; elevava-se como um jato subindo para longe do
inimigo num canto do céu. Estava distante do perigo e distan-
te de tudo que já conhecera, e a Garota de Pigalle lhe parecia
uma estranha, tão revigorante era este momento suspenso por
Deus do teto de um bar em estilo americano no coração de Paris.

O martíni? Nada mau.

32

A Garota de Pigalle falava um inglês perfeito porque o piloto não falava francês e Fear não queria que a língua in-
terferisse com o que ele estava dizendo sobre como as coisas
eram entre eles. A Garota de Pigalle falava melhor inglês
do que Gisèle, embora Gisèle tivesse se beneficiado de uma
educação universitária completa, ampliada pela caixa de
fitas da BBC que comprara pelo reembolso postal e ainda
que a Garota de Pigalle nunca tivesse feito nada a não ser
trabalhar num bar de topless em Pigalle, onde o inglês que
aprendeu era coloquial e restrito e em geral sobre Paris e a
maneira correta de preparar martínis. Mas era assim que

Fear queria. E não achava que aquilo incomodaria Madame Jaffré nem um pouco, ou qualquer outra pessoa.

Fear preferia muito mais a Garota de Pigalle a qualquer outra mulher com quem se relacionara e agradou-lhe que ela fosse mais esperta do que Gisèle, porque, quando pensava a respeito, não gostava nem um pouco de Gisèle agora e só estava se enganando quando decidiu que ainda havia espaço no seu coração para ela ou para alguém mais. Gisèle queria transformá-lo numa pessoa melhor, e ele só se tornara pior, *mais pior*, aos olhos dela, que era o que ele queria conseguir para irritá-la, para provar-lhe que não se podia transformar as pessoas naquilo que se queria, que era uma perda de tempo tentar isso e que se deveria provavelmente encontrar outra pessoa.

A linguagem, em todo caso, não era importante, assim como a maioria dos outros detalhes, tomados separadamente, não eram importantes. A vida não era um quebra-cabeças, nem toda peça tinha de estar no lugar ou sequer fazer parte do mesmo quadro; nem era como um jardim francês ou um papel de parede sem emendas em que a Garota de Pigalle e Fear, ou a Garota de Pigalle e o piloto, haviam passado o tempo juntos. A vida era uma confusão deliciosa que exigia fé, e destino, para sustentá-la, pois uma confusão precisava de sustentação tal qual uma árvore frutífera que fora transformada em algo que não parecia tanto uma árvore, mas uma ilustração do paralelogramo de forças presa a uma cerca.

Não, não era a linguagem, mas o tom da conversa que falava do pugilato e do amor que acontecia entre a Garota de Pigalle e o piloto ao oscilarem na gangorra entre a ternura e o ressentimento e o arrependimento, sabendo que, porque haviam começado a pensar na sua impossibilidade, o seu caso estava condenado como todas as coisas que precisam ser levadas em consideração e reconsideradas estão condenadas. Mas eles ainda se amavam, e o importante era descrever sua história de amor, que, por sua mera desesperança, se tornava uma grande história de amor, apesar do fato de que era implausível que alguém se interessasse realmente por um piloto de um Boeing 747 com uma esposa e dois filhos em Anaheim ou por uma garota que trabalhava num bar de topless numa esquina lateral da place de Clichy.

Fear olhou pela janela, e a bola atravessou o pátio. Um dos meninos árabes passou correndo pela janela de Eton e chutou a bola de volta à outra extremidade do pátio. Uma mulher gritou à sua direita, o menino árabe riu, podia-se ouvir um caminhão passando pela rua, e o sol subia mais no céu, fazendo Fear enxugar a testa como se tivesse empreendido uma jornada e parado por um momento à sombra para descansar.

Levantou-se da mesa e serviu-se um pastis e então ficou diante da janela. Eton ainda tocava o piano; tocaria o dia inteiro e só pararia quando estivesse cansado. Acionava as teclas e fazia anotações, compondo histórias que disparavam em todas as direções, histórias de amor e guerra e a maior batalha já lutada pelo homem. A bola quicou de novo de um lado ao outro do pátio, batendo de vez em quando na parede do seu apartamento, e Eve estava sentada no andar de cima em seu estúdio trabalhando ou seja lá o que fosse em que trabalhava tão duro. Acima dela, o homem que sempre tinha uma cerveja na mão sentava-se ao lado da janela, olhando para algo que Fear não conseguia ver, e todo o pátio, do qual Fear era uma parte sem o perceber por inteiro, parecia se dirigir, como um navio, num curso ditado por um bravo, porém prudente, timoneiro. O céu estava claro, o mar estava calmo, e, pensar sobre o amor entre a Garota de Pigalle e o piloto, e a história que crescia a partir dele, Fear sentia-se completo, em paz consigo mesmo, como alguém que ganhou exatamente o que queria no seu aniversário.

33

O anoitecer havia passado, os martínis eram uma memória da perfeição inatingível e a Garota de Pigalle estava nos braços do piloto olhando pela janela. A luz néon abaixo projetava desenhos no teto, uma mensagem lançada para cima e refratada através da espessa vidraça que ela poderia ficar olhando durante horas. Nunca se cansava daquilo; consolava-a quando o piloto estava fora e a consolava agora que estava próxima a ele, sabendo que partiria dentro de poucas horas e talvez nunca voltasse.

O piloto dormia. Quem sabe o que está sonhando?, pensou ela. Em breve ele partiria, e ela ficaria sozinha de novo. Voltaria ao bar de topless e pegaria seu emprego de volta e encontraria outro homem com quem dormir para que pudesse esquecer o piloto e se vingar dele e de todos os outros pilotos no mundo que voavam em círculos sonhando com as amantes que poderiam ter em locais distantes.

Sabia o que aconteceria. Ela serviria um homem de negócios de Stuttgart ou Sheffield ou algum outro lugar começando com S de que nunca ouvira falar antes, talvez o encontrasse depois do trabalho e o deixasse fazer amor com ela e, embora aquilo fizesse dela uma pute, ela seria menos uma pute do que uma garota que é mantida por um piloto que já tem uma mulher em Los Angeles e não lhe permite voltar a trabalhar, que quer apenas que ela seja uma pintura que possa admirar, como as pinturas no Louvre que mostram mulheres nuas nos salões de parisienses ricos de outras épocas. Ou ela caminharia pelas ruas de Paris e encontraria um café qualquer e se sentaria a uma mesa sozinha e alguém, um completo estranho com olhos bondosos e um riso caloroso, lhe ofereceria um drinque.

Tinha de mudar sua vida para o que era antes, porque naquela vida diferente tinha mais segurança do que em qualquer outra. Teria de se esquecer do piloto para sempre, e o único jeito que via de fazer isso seria indo para a cama com outro homem cujo toque e carícias fossem diferentes e novos. Não, ela não iria com um homem ao bar, ela procuraria um homem com olhos bondosos que pensasse nela como ela era, e então um dia talvez a levasse para morar numa casa à beira-mar, onde o céu se encontrasse com o horizonte numa linha ondulada de azul e harmonia; ele se casaria com ela e teriam filhos e ele iria pegar peixes toda manhã e, às vezes, arriscaria a vida por ela, enquanto ela cuidava das crianças e bordava uma tapeçaria que ganharia um prêmio, descrevendo a história da vida e do amor com fio de seda em muitas cores. Que se dane! Ele pode ser encanador que não me importo, contanto que não seja um piloto.

O piloto dormia. A Garota de Pigalle levantou-se da cama e acendeu um cigarro. Vestiu seu roupão, caminhou até a janela, e o néon bateu no seu rosto e a fez piscar. O trânsito estava pesado no bulevar; podia ver os ônibus estacionados perto do Moulin Rouge, e os turistas escorrendo deles, desaparecendo nas sex shops e nos bares. Eu podia estar lhes servindo, pensou. Podia estar ganhando dinheiro em vez de estar olhando pela janela, dinheiro que iria para pagar um radar para o barco de pesca ou uma rede nova, pois tínhamos decidido que a velha já não tinha mais conserto.

A noite enchia o ar de Paris, e o néon piscava, enviando sua mensagem pelos pára-brisas dos carros que passavam e pelas janelas dos ônibus estacionados nas proximidades. A cidade estava viva à noite, respirava um ar diferente, mais vital, mais ameaçador. A escuridão trazia a maldade; o homem soltava-se, relaxado pela bebida, e seguia até o amanhecer, empurrado por sua própria malevolência, seu próprio desejo de autodestruição. Alguém seria apunhalado esta noite. Alguém sempre era apunhalado. A Garota de Pigalle lembrou-se de ter visto um garoto correndo pela rua, perseguido por um homem com uma faca, e ela observara de uma esquina o garoto cair para a frente, a mão à altura do peito. Ela saíra correndo, colina abaixo e para longe de Pigalle, e só parou quando chegou ao rio, lavando o pensamento, a lembrança, da sua mente. Só *agora lhe voltava à memória, jamais a deixaria, o pensamento do garoto lutando para respirar e morrendo por nada.*

Deitou-se de costas na cama e esmagou o cigarro. O piloto mexeu-se, seus sonhos virando-o primeiro para um lado, depois para o outro. Ela tomou-o em seus braços, seu coração dilacerado com a traição dos seus pensamentos. Não queria mais estar de volta ao bar, queria escapar com ele, para cima, para o alto, para um lugar onde Paris nunca fosse mencionada e tudo o que ela era ou fora houvesse desaparecido, apenas uma sombra numa parede ou num teto em algum lugar, trancada dentro de um quarto dentro de um edifício na esquina de um bulevar para ser olhada por outra pessoa. Abraçou com força o piloto e o piloto abriu os olhos. Ele sabia que ela sentia medo e colocou seus braços sob o roupão dela e sentiu seu corpo tremer e a acalmou e consolou enquanto ela pensava em Paris e na noite e no fantasma de um garoto caído na sarjeta. Ele abraçou-a mais forte, colocou-a sobre si e separou as pernas dela para que suas coxas se apertassem contra seus quadris. Colocou os braços sobre os ombros dela, suas mãos por trás do pescoço dela e fitou seus tristes olhos castanhos.

Sei o que está pensando, garota. E, seja o que for, você está certa. Sou um velho veterano, o mais velho homem de quarenta e seis anos da história dos homens de quarenta e seis anos, e você é jovem e merece coisa melhor do que um homem que só parece interessado em martínis.

Mas eu quero você, capitão.

Eu quero você. Aonde vamos desta vez?

Vamos apenas voar sobre o horizonte por um tempo. Mesmo lá no alto podemos ver os carneirinhos quando há um vendaval.

34

O néon batia contra seu corpo, um colar de letras estendendo-se dos seus seios até o tornozelo da sua perna direita, a dobra de um E ou de um P beijando o abdome do piloto, e ambos estavam banhados pela mensagem, a mesma mensagem que chamava a atenção daqueles que erravam pelo bulevar, adiando seus sonhos e ignorando a aurora que os esperava na esquina com uma navalha.

O piloto segurava a Garota de Pigalle pelos quadris e a Garota de Pigalle subia e descia na sua pica, seus cabelos escorriam pelo rosto, o que fazia o piloto separá-los com os dedos para poder beijá-la. O piloto agarrava as nádegas da Garota de Pigalle com força e a empurrava para cima e para baixo, puxando-a cada vez mais para perto a fim de sentir seu ventre e sentir tudo dentro dela e a sua estreiteza e maciez que o faziam arquejar e gritar no silêncio do quarto, e cada nervo e neurônio vibravam em seu corpo como o vôo inaugural de um F-111, só que muito melhor, muito muito melhor do que qualquer coisa que ele já sentira antes. Estavam a quilômetros de distância de onde haviam estado e olhavam das alturas para aquilo que faziam, observando e esperando à medida que o prazer ficava mais intenso e o anseio se transformava em pânico abafado, o desejo encontrando o desejo de frente e afastando tudo mais para o lado.

A Garota de Pigalle levantou-se do piloto e o segurou com força, e o coração do piloto bateu cada vez mais rápido enquanto esperava para penetrar de novo nela; ela desenhava círculos com seu dedo sobre o peito dele e deslizava o dedo para baixo a fim de provocá-lo. Ela abocanhou o seu sexo e sentiu o seu gozo e então parou de novo e deitou-se de costas. E o piloto penetrou nela e beijou seus seios e seu pescoço, e quando ele gozou, ela gozou com ele em ondas num horizonte que ela podia tocar agora com a mão, uma linha de esquecimento tão longe de tudo quanto tudo podia estar.

Não havia parada, disse ela. Neste vôo.

Mergulhamos e teríamos batido, mas o chão veio ao nosso socorro.

Era o sul, mas perdi minha orientação.

Não era o sul, garota. Era o oeste. Mas você não poderia saber, porque tinha um assento no corredor.

É tarde.

É cedo, posso sentir. O néon está enfraquecendo.

E então a alvorada chegou, aparecendo detrás da sua esquina e zombando da noite, escorraçando-a à distância, bem longe para o oeste, passando os arredores, atravessando La Défense e o resto da França até o mar. Os pescadores trouxeram os frutos do seu trabalho àqueles que haviam descansado, dormido e acordado para tomar um café da manhã decente, café au lait fumegante e pain au chocolat tirado do forno, e os homens ficaram junto à sua pescaria, fazendo piadas sobre peixes e mulheres. Lá estarei, pensou a Garota de Pigalle, pegando a aurora enquanto se desloca lentamente para o oeste.

Ficaram deitados lado a lado em silêncio. O piloto olhava para a pintura na parede oposta, e a Garota de Pigalle olhava para o uniforme do piloto num cabide ao lado da pintura, antes de desviar o olhar e sentar-se na cama.

O que é a pintura?

É uma vista distante. Eu a comprei no mercado.

E o que ela representa?

Não tem de representar nada. É apenas uma pintura. Do sul, talvez.

O piloto sorriu. Olhou para o relógio na mesinha de cabeceira, pegou-o e colocou-o no pulso. Então saiu da cama e caminhou até a pintura, e a Garota de Pigalle riu dele.

Qual é a graça?

Você parece estranho. Nu, com exceção do relógio.

Sou supersticioso em relação ao relógio, disse ele, rindo com ela e olhando mais de perto. Parece um lugar interessante. Um lugar aonde você poderia ir e ser feliz.

Não pode ir até lá. Foi inventado. Mas pode olhar para ele.

É melhor entrar no chuveiro. Estou atrasado.

Tire o relógio. Vai ficar molhado.

O piloto entrou no banheiro, e a Garota de Pigalle ficou sentada na cama, bem quieta. A luz do dia chegara, e o anúncio de néon não brilhava mais no quarto. Caminhou até a janela e olhou para o bulevar. Fechou as cortinas e voltou para a cama, e o piloto voltou do banheiro e começou a se vestir. Olhou no espelho na parede perto da porta de saída enquanto apertava o nó da gravata e colocava a jaqueta. E quanto terminou, ficou parado ao pé da cama com o quepe debaixo do braço.

Pareço estranho agora?

Parece estar partindo numa missão.

É assim que me sinto, garota.

Qual é a sua missão?

Minha missão é a América, porque estou zangado com ela por estar no lugar errado. É uma D9.

O que é uma D9?

Uma D9 é assim classificada porque ninguém sabe do que se trata.

Estou numa D9 também.

Isso é bom e adequado.

É a minha missão.

O piloto sentou-se na cama e olhou uma vez mais para a pintura antes de se virar para encarar a Garota de Pigalle de novo. Às vezes, eu vejo o mundo girando em círculos, quero dizer, posso ver isso de verdade. Vejo a sua curvatura, seus oceanos, suas montanhas, suas paisagens. E vejo todas as cidades do mundo espetadas nele, como alfinetes para ajudar a pessoa cuja tarefa é fazê-lo girar.

De quem é essa tarefa?

Depende do horário. Varia conforme o local onde se esteja e a hora. E onde o meridiano de data incida. Não é fixo. Você apenas se reveza, faz o seu dever, faz o que lhe mandam, obedece às regras, de modo que, ocasionalmente, quando o ânimo surge, pode-se quebrá-las. Assim.

Assim como?

Assim, disse o piloto, estalando os dedos.

35

Fear olhou pela janela, fumando um cigarro, abrindo os olhos como se nunca tivesse visto o mundo antes, acordando da noite e das garras de sua própria imaginação desvairada.

Pela primeira vez em semanas tinha chovido, e as pedras redondas do chão do pátio reluziam aos primeiros raios do sol. Algumas partes do pátio já estavam secas, outras formavam poças nas quais as folhas caídas da imensa madressilva fixada junto à parede oposta flutuavam descuidadamente. O ar estava fresco e revigorante, e a pessoas abriam as janelas para deixá-lo entrar.

O homem que sempre tinha uma cerveja na mão acabara de aparecer na porta da frente adjacente ao apartamento de Eton e Eve. Estava com o seu cachorro. Seu rosto era pálido, tenso e com a barba por fazer ao sair em marcha para Rocket Street a fim de comprar mais cerveja. A noite se passara assim, a escuridão, o calor e a chuva tinham todos chegado e desaparecido, o sol percorrera o seu círculo, a terra girara para a frente ou para trás ou para o lado em sintonia com ele, e tudo reencontrara o seu lugar, restaurado a uma ordem natural depois que o caos de tudo o que era humano, tudo o que era bom e mau e irrevogável, havia interferido com ele.

Fear podia dizer, mesmo a distância, que o homem estava de ressaca e que já estava saboreando a cerveja que traria de volta com ele ao seu apartamento. Ficaria sentado no peitoril da janela, exatamente no mesmo lugar, e iria bebericar sua cerveja e ver o dia passar através das lentes de seja lá o que fosse por que olhasse — uma pilha de corpos, um avião caindo do céu, uma cura para a peste, um punhado de ciclistas suando na subida de uma montanha por nenhum outro motivo que não uma chance de chegar lá em primeiro lugar, ou em segundo, ou talvez nem chegar, todas as coisas que compunham o universo e eram depois noticiadas na televisão, pois Fear havia há muito decidido que o homem via televisão enquanto bebia sua cerveja e cuidava das necessidades do seu cão.

Sentou-se diante de sua mesa e colocou outra folha de papel no rolo, abençoando Agostini por todas as fotografias que já tirara na vida e continuaria tirando, todas as garotas com sorrisos no rosto que ficavam imóveis durante horas diante da câmara, todas as pessoas que trabalhavam nas revistas de papel acetinado e que pagavam a Agostini para que Agostini pudesse patrocinar a poesia de Fear e de todos aqueles Fears que se achavam capazes de escrever, mesmo quando transformavam as letras de suas máquinas de escrever numa linguagem codificada de desejo que pretendia refletir o desejo de todos e que poderia levar a um espantoso sucesso comercial neste, o mundo "pertinente" do erotismo de meados dos anos 1990.

As teclas ecoavam, o asterisco ecoava, o coração de Fear ecoava, e as cordas do piano de Eton ecoavam, enquanto Eve saía do seu estúdio e partia numa missão de importância artística. E ecoava também a bola contra a janela quando o garoto árabe deu um último chute antes de ir para a escola. O homem voltava com sua cerveja e sua ressaca e seu sorriso, que se tornava um sorriso de ironia a qualquer um que pudesse estar observando, e seu cão o seguia, também sorrindo, e por que os cães não poderiam sorrir também, quando já ficou provado que são capazes de sonhar?

O que sei sobre cães? O que sei sobre as pessoas? E quem disse que não há um mau passo, apenas o passo seguinte?

PARTE V

36

Não consegui dormir na noite passada. Sempre tive dificuldade para dormir. Como Nabokov, sou uma insone. Num de seus romances, ele descreve a noite como sendo um gigante. Tinha razão.

Servi-me de uma vodca com tônica reforçada e liguei a televisão. Havia um programa de entrevistas em que dois franceses gritavam ao mesmo tempo, de modo que, quando a câmera passava de um para outro, parecia que cada um deles tinha duas vozes contraditórias. Um deles explicava que até um padeiro podia ser um intelectual. Poderia ter sido um banqueiro. *Boulanger. Banquier.* Ora, é mais aproximado em inglês,* é claro, mas posso ser perdoada por confundir os dois até em francês, pois estava cansada, por não ter dormido.

Troquei de canal. Uma mulher surpreendentemente bonita pagava boquete para um ator bastante chato e desinteressado. Observei a mulher trabalhar na pica do homem até que ele gozou na sua boca. Ela era muito boa naquilo — era óbvio que tinha alguma prática — e o ator ficou

---

*Baker, banker. (*N. do T.*)

bastante animado ao gozar. Devia ter desfrutado seu orgasmo, embora ficasse claro que estava interpretando a sua excitação, por isso era bastante difícil para mim avaliar a extensão exata do seu prazer. Isso me intrigou por alguma razão. Ao gozar, ele ergueu a vista para o teto do estúdio com os olhos fechados, como se, a exemplo de São Paulo, estivesse se voltando para Deus. Francamente, não sei o que Deus teria pensado daquilo. Ele fez o Jardim do Éden. E nós fizemos Eva pagar boquete para Adão na TV a cabo. Gostei da garota, mesmo assim. Ela me deixou com tesão por algum motivo. Seria por causa de minha recente fantasia do haicai, em que a gueixas gêmeas faziam amor comigo?

Enquanto os dois franceses continuavam a discutir se um padeiro ou um banqueiro podia ser um intelectual e sobre se a língua era uma ajuda ou um entrave na delineação das verdades fundamentais, incontáveis atos de sexo e coito, alguns reais, alguns imaginados, outros televisionados, pontuavam a noite. Eu me perguntava quantos casais em Paris faziam amor enquanto eu ficava ali sentada com minha vodca e tônica, vendo televisão, e ansiava por figurar entre o seu número.

Em outro canal, dois pugilistas saltaram dos respectivos corners e começaram a lutar. Um era baixo e troncudo, o outro alto e esguio. O troncudo era russo, o alto era argelino. Tinham evidentemente o mesmo peso e no entanto eram muitíssimo diferentes em estatura e aparência, o que fazia da luta um verdadeiro confronto entre opostos. Não sou uma fã de esportes e não posso dizer que conheça muito sobre boxe, mas fiquei fascinada com o combate que se desenvolveu entre eles. Era como uma fábula de Esopo.

O russo mantinha uma boa guarda, não permitindo ao argelino qualquer espaço para manobra, mas não conseguia alcançar o corpo do argelino, claro, porque seus braços eram curtos demais. Isso prosseguiu ao longo de vários assaltos, o comentarista indicando que estavam empatados em pontos.

Depois de algum tempo o russo se tornou cada vez mais frustrado e deu um forte soco abaixo da cintura do argelino. O argelino gritou e caiu de joelhos. Quando se recuperou, mudou de estilo e de tática. Antes se contentara em dançar com habilidade ao redor do seu oponente, mas então lançou-se num ataque de força bruta. Saltou do seu corner no começo do último assalto, ainda sofrendo do golpe nas genitais, e golpeou o russo com tanta força no rosto que ele caiu chapado no chão, inconsciente.

Era tarde e, quando mudei de canal, os dois intelectuais franceses ainda discutiam. Não havia mais sexo no canal a cabo, mas pensei na bela mulher que pagara boquete para o homem e fiquei excitada enquanto sorvia minha vodca com tônica. Me masturbei e cheguei ao orgasmo deitada no sofá e, com as últimas e prolongadas ondas de prazer que me proporcionei, adormeci.

37

Apesar de me sentir cansada, consegui obter mais resulta-dos nesta manhã do que em qualquer outra durante as últi-mas duas semanas. Decidi almoçar na minha brasserie favorita no bulevar Saint-Michel para comemorar.

Estou sentada agora à minha mesa no canto, observan-do os garçons entregues às suas tarefas. Numa alcova, vejo as mãos do chef enquanto coloca um prato no balcão e acompanho o movimento daquele prato ao ser apanhado pelo garçom e transportado para uma mesa adjacente. Vejo o prato subir e descer, de um lado para o outro, evitando inúmeras colisões de modo que, quando é colocado na me-sa, posso dizer que embarcou, e completou com sucesso uma espécie de viagem. Todo o procedimento foi repetido muitas vezes através de tempos imemoriais, assim como continuará a ser repetido no futuro, muito tempo depois que eu tiver deixado minha mesa e ido para sempre. Olho para os garçons e penso como sempre fizeram o que estão fazendo agora e vejo no transporte do prato o transporte do tempo através das eras, adiante no século XXI e para trás no tempo de Fujiwari no Kintō. O mestre poderia ter vivido mil anos atrás mas, para mim, o passado tem o mes-mo valor, ele é em si atemporal, tão indefinível como o montículo de poeira que se juntou abaixo da alcova do chef.

Sim, cada ato foi repetido e continuará a ser repetido; faz parte da natureza circular da existência, do movimen-to da cadeira e da mesa até a sugestão de um aperitivo, do recebimento do pedido até a entrega do pedido, da demorada discussão sobre o vinho adequado até a aceitação ou rejeição de um certo tipo de queijo, salada ou sobremesa. Por que pagar dinheiro para ir ao teatro, eu me vejo perguntando, quando você pode vir a esta brasserie e interpretar seu próprio almoço?

Quanto mais penso a respeito, mais percebo que, ao ver tudo repetido exatamente como era antes de eu nascer, estou o mais próxima que poderei estar da eternidade, pela própria razão de que o tempo foi suspenso. O relógio na parede gira como se em função de si mesmo e sozinho; ainda que aquele rosto nu de mogno nada possa fazer para alterar a atemporalidade desta brasserie em que eu e milhões de outros nos sentamos tantas vezes. Faz muito pouca diferença se o ponteiro das horas indica as duas, três ou dez horas, pois o tempo em si está nas mãos de uma autoridade maior, caprichosa, autocrática, o submisso instrumento de madeira na parede meramente seguindo os ritmos estabelecidos para ele por aqueles que correm de um lado para o outro e que sempre correram de um lado para o outro, com comida, vinho, feijões e torta de maçã e qualquer outra coisa que alguém tenha pedido.

Não, o verdadeiro mestre neste momento não é Deus, nem Fujiwari no Kintō, nem o ponteiro de minutos do relógio, nem aquele de todos os relógios que existem neste mundo, dentro e fora desta brasserie, mas o homem com a calva e a gravata borboleta, os sapatos lustrosos e a sombra permanente em suas faces, ora visto segurando um descanso de cerveja invertido na palma da mão esquerda,

a caneta na direita apagando a mesa para quatro que acabara de chegar da rua. Ele os conduz à sua mesa e sorri de
novo quando passa por mim na banqueta à sua direita.

Tout va bien, Madame?

Oui, Monsieur, respondo. *Comme d'habitude.*

38

Em outro restaurante, a alguma distância dali e do outro
lado do rio, um homem num terno de flanela cinza regis-
tra o atraso do seu companheiro de almoço olhando para
o relógio e franzindo a cabeça. Justo então, Salt irrompe
através da porta e corre até a mesa para apresentar desculpas (reunião, o trânsito, família, estacionamento) antes de chamar o garçom com a cabeça e pedir champanhe
tout de suite.

E então, o que pode me contar sobre Fear?, perguntou Salt
enquanto o garçom depositava as duas taças sobre a mesa.

Fear?

Sim.

Encontrei-o certa vez num jantar. Enfiou a cabeça por
uma janela. Ou jogou uma garrafa por ela? Não consigo
lembrar. É um poeta, se tal coisa ainda existe. É bastante
engraçado. Mas é maluco. Como todos os ingleses. Um de
meus fotógrafos o conhece muito bem. Você conhece
Agostini?

Ouvi falar dele. Faz muito sucesso, não?

Dez mil dólares por dia.

Um monte de dinheiro na moda.

Um monte de moda no dinheiro.

Bem, se falar com esse cara, preciso saber onde Fear está. Se ainda está em Paris.

Oh, sim, ainda está em Paris. Posso lhe dar o telefone.

Que bom. E o que mais há para se saber sobre ele?

Fear?

Sim.

Acho que ele vai muito bem quando não está sendo antipático e confundindo as pessoas. Ao que parece está trabalhando num grande projeto para um dos estúdios de Hollywood. Deve ter um agente esperto.

Qual era o projeto? Arnolfini lhe contou?

Agostini? Não disse. Isso foi alguns meses atrás.

Ele trabalhou para mim faz alguns meses, no começo do ano. Mas não mencionou esse trabalho. Não que devesse, necessariamente. Ele deve ter mais trunfos do que eu pensava. Tenho de ser cuidadoso.

Por quê?

Escreveu um roteiro para mim. Uma comédia. A idéia é boa e estou fechando o negócio. Só preciso acertar algumas coisas com ele. Não quero nenhum problema.

Não seja tão dramático. Deveria relaxar mais.

Relaxar?

Sim. Fazer uns exercícios de vez em quando.

Já faço isso, mas não parece ajudar.

E quanto à análise?

Não tenho tempo. E você?

Eu? Ótimo.

Conseguiu a conta daquele supermercado que estava correndo atrás?

Sim. Usamos Ulla Eriksson. Agostini fez as fotos. E agora ela está colada na lateral de cada ônibus de Paris. Grande par de pernas.

O que tem isso a ver com um supermercado?

Nada.

Não entendo mais nada.

Não há nada a entender, Salt. Você pode vender tudo com um belo par de pernas.

Eu sei. Mas legumes?

Não pense a respeito. Vamos lá, o que vai querer?

É minha vez ou sua?

39

Quando Fear acordou, seu anel de sinete não estava no dedo mínimo da mão esquerda, mas no da direita. Percebeu então que ainda estava sonhando, que tinha sonhado que acordara e encontrara seu anel no dedo errado. Ao se dar conta do fato, fechou os olhos de novo, no seu sonho. Sonhou várias vezes que estava acordado e, quando por fim acordou, pensou que estivesse sonhando. Abriu os olhos e os fechou de novo. E então os abriu novamente. Olhou à sua volta no quarto e acendeu um cigarro e só quando tossiu soube que não estava mais dormindo.

Era a primeira luz da manhã. Preparou um café e foi até sua mesa. Trabalhou ao longo do amanhecer e, quando o sol se levantou, as pedras no pátio começaram a secar e só uma mancha de umidade persistia sobre a parede abaixo do seu estúdio. As palavras se juntaram de uma maneira que o agradou e sentiu-se em paz consigo mesmo. Nada se mexia, nem mesmo a bola de futebol e se perguntava quando o menino árabe apareceria e a chutaria para o outro lado do pátio.

O piloto tinha se despedido da Garota de Pigalle e seguido para o aeroporto, e Fear usou a aurora para descrever o vazio no coração da Garota de Pigalle ao olhar pela janela, vendo o piloto pisar no bulevar e chamar um táxi.

O primeiro táxi não parou, e o piloto esperou por outro, sua mala ao seu lado, um cigarro pendurado na boca, fumaça exalada no ar úmido do amanhecer de verão, enquanto a Garota de Pigalle agradecia ao primeiro motorista por não parar, para que pudesse dar adeus uma vez mais ao piloto, capturando-o na sua mente enquanto estava parado ali como um estranho, apenas um homem vestido de piloto que ela poderia ter visto uma manhã ao olhar pela janela sem realmente notar.

Havia pouco trânsito e Paris parecia quieta, em paz consigo mesma naquele canto da cidade, apenas um ou dois clochards passando, parando para remexer no lixo que se havia amontoado nas latas de lixo durante a noite, e um par de amantes abraçados, caminhando para casa ao longo do bulevar. Uma lágrima escorreu pelo rosto da Garota de Pigalle enquanto olhava para o casal, para o piloto, e de novo para o casal. E quando voltou a olhar, um táxi finalmente parou e o piloto estava no banco traseiro. O táxi afastou-se, e a Garota de Pigalle deixou a janela e deitou-se na cama. Olhou para a pintura da paisagem e tentou perder-se dentro dela, imaginando que estivesse longe de Pigalle e de Paris e de tudo mais que lhe era familiar, mas era muito distante, esta visão de outro lugar, tão distante dela como algo poderia ser, então botou o rosto nas mãos e fechou bem os olhos por um momento.

Quando abriu os olhos, viu o quarto ao seu redor, tão vazio agora que o piloto tinha ido e ido para sempre. Restara tão pouco dele para olhar, apenas o cabide na porta do guarda-roupa que acolhera o seu uniforme durante a sua estada e a coqueteleira de martíni na mesinha de cabeceira. O topo da mesinha estava marcado com um anel de umidade da noite anterior, quando a coqueteleira estava gelada. Pegou a coqueteleira e olhou dentro dela. Ainda havia algumas gotas de martíni. Acendeu um cigarro e verteu o resto de martíni na taça do capitão e bebeu lentamente, saboreando o aroma de fumaça de charuto que ainda restava e estremecendo diante do amargor do gim, no qual ela sabia ter um por cento de vermute misturado. Recolocou então a taça na mesinha de cabeceira e deitou-se de costas na cama, cobrindo-se com o lençol e agarrando o travesseiro com ambas as mãos.

O piloto foi embora e nunca mais o verei, pensou. Eu sei disso. E é assim que deveria ser. Tudo tem uma lógica que escapa por completo ao nosso controle. Cada história foi escrita para nós antecipadamente, podemos trapacear se quisermos,

saltando as páginas e lendo o último capítulo, mas não faz a
menor diferença, somos condenados a viver no presente, a nos
perdermos em cada momento vacilante, e quando o que deve-
ria acontecer já aconteceu, tudo o que podemos fazer é olhar
para trás e tentar capturar o que perdemos. A última gota do
martíni se foi, e nunca mais haverá outro. Por que deixou sua
coqueteleira? Agora pensará em sua coqueteleira e não pensa-
rá em mim, e fui uma tola em pensar de outra maneira.

40

Fear ainda tinha um pouco do dinheiro que Agostini lhe
dera. Deduzindo o que gastara no papel e no pastis e nos
drinques que pagara no bar, sobravam 342 francos.

Estava chegando ao fim da história de amor, mas ainda
havia o último capítulo a escrever. Não queria apressá-lo;
sabia que algo mais iria acontecer, mas só viria durante o
ato de escrever.

Olhou para o seu trabalho e levantou-se da mesa para
ganhar uma nova perspectiva sobre ele. Então pegou o seu
dinheiro e os últimos três capítulos do seu livro e saiu para
a Rocket Street. Foi ao café e sentou-se a uma mesa, lendo
o seu trabalho e tomando um café. Viu Agostini passando
e o chamou.

Não, Fear. Você está trabalhando. Não vou perturbá-lo.

Obrigado, Agostini. Obrigado por tudo. Por ser um fotógrafo. Por tirar fotos. Por me comprar papel. E cigarros. E este café. E uma refeição com uma garota que não acontecerá necessariamente, mas poderia acontecer por causa do dinheiro que me deu. Você é o santo padroeiro de todos os escribas, e todos os escribas lhe juram fidelidade e estão prontos a declarar guerra contra a Alemanha se necessário.

Por que a Alemanha?

Porque são os melhores lutadores e sempre caem lentamente.

Você é maluco, Fear. Mesmo quando está tomando café.

O café me acelera. O pastis me desacelera. Escrever me leva para a frente.

E as mulheres?

As mulheres me fazem sentir vivo.

E Hollywood, Fear?

Nada tem a ver comigo, Agostini. Foi uma brincadeira. Não se lembra?

Nunca sei quando está falando sério e quando está brincando.

Nem eu.

E quanto ao livro?

Que livro?

O seu livro.

É uma história de amor, mas ainda não a terminei. Isto é, já poderia tê-la terminado. Não sei.

Uma história de amor?

Sim. Não conte a ninguém, Agostini. Prometa.

Eu prometo.

Um homem se apaixona por uma mulher. A mulher se apaixona pelo homem. São felizes. Então vêm que a felicidade é um dom que não podem compartilhar. Separam-se. E nunca mais voltam a se ver.

Por que não podem compartilhar sua felicidade?

Porque ambos desejam coisas diferentes.

Que importa o que eles desejam? Ou estão apaixonados ou não.

Não é tão simples assim.

Claro que é. Você viu a coisa errado, Fear.

Talvez.

Eu apenas fiz algumas fotos de uma modelo, nua. Mal cheguei a notá-la, não causou nenhuma impressão sobre mim. Era apenas uma modelo. Então a vi colocando suas roupas e percebi que era a coisa mais sensual que jamais vira. Ela ficou embaraçada quando a olhei e naquele momento preciso entendi a sua beleza.

Ela tirou as roupas para você depois?

Não. Ela desapareceu. E agora não consigo parar de pensar nela, lá no meu estúdio, colocando suas roupas, as faces coradas de embaraço. Acha que sou ridículo?

Claro que sim.

Não sei para onde ela foi, mas vejo sua fotografia por toda parte. Está na lateral de cada ônibus de Paris anunciando a cadeia de supermercados Dupont.

Nua?

Nua.

Estranho destino para uma mulher. Espero que não esteja de coração partido, Agostini.

Não é coisa tão má estar de coração partido.

Você tem a sua fotografia. E você é bom nisso.

Escrever é mais interessante.

Por quê?

Porque é mais pessoal e porque dura.

As fotografias duram. Gosto de fotografias. Na verdade, gostaria de ser fotógrafo. Parece fazer mais sentido do que ficar rabiscando, tentando decidir o que é o amor. Quero dizer, não há muito que se possa dizer a respeito. Você tem razão. É muito simples. Nós só fazemos ser complicado porque é da nossa natureza fazer assim.

Você sabe como é, Fear. Se você é sincero consigo mesmo. Tudo o que tem a fazer é como você diz: descrever.

Acho que eu também me apaixonei, Agostini. Mas o problema é que ela é um personagem fictício.

Que mal há nisso? É o que todo mundo faz, de qualquer maneira. Transforma uma pessoa na sua própria idealização de uma pessoa. Foi o que eu fiz com a minha modelo.

Então, o que está fazendo? Por que sempre esbarro com você em Rocket Street?

Estou indo ao Père Lachaise para tirar algumas fotos.

Os fantasmas ficam quietos para a câmera?

Tem uma garota enterrada lá.

Desculpe, Agostini.

Não cheguei a conhecê-la. Morreu jovem. Foi um acidente.

A morte é sempre um acidente.

Nem sempre. Tem uma fotografia dela numa moldura, e juro que é a mulher mais bonita que já vi.

Mais do que a modelo que colocava as roupas?

Mais do que a modelo. Vou tirar uma foto dela. Só para mim.

É uma boa idéia, Agostini.

Acha?

Acho. Assim, se você se apaixonar por ela, não vai ficar de coração partido.

Tem razão, Fear. Você nem sempre está certo em relação ao amor, mas sabe o suficiente para se sair bem. Bom, é melhor eu ir andando.

A gente se vê por aí, Agostini.

A gente se vê, Fear.

41

A Garota de Pigalle saiu do apartamento e afastou-se de Pigalle e da manhã nascente. O tempo esquentou de novo, e ela seguiu pela sombra ao descer para a Opéra. Caminhava ao longo das ruas de Paris e sentia tristeza e liberdade e todo o dia esparramado o diante de si como se fosse o primeiro de uma nova vida.

Chegando à avenue de l'Opéra, encaminhou-se para a rue de Rivoli e passou pela agência de viagens perto da extremidade da rua com praias e areia nas vitrines e casais sorridentes olhando de piscinas. Atravessou então a rue de Rivoli e atravessou o pátio do Louvre, parando na pirâmide de vidro ao centro. Olhou através da pirâmide, para o céu acima e viu um avião à distância voando para o oeste.

Acompanhou o avião até que ele desapareceu por trás da silhueta dos edifícios que se estendiam da rue de Rivoli até a place de la Concorde. Nunca saberia se era ou não o avião do piloto, mas decidiu que era o avião do piloto para que finalmente pudesse lhe dar adeus, qualquer que fosse o avião, não tinha importância, contanto que ela acabasse com aquilo e desse ao seu coração a oportunidade de segui-lo à distância. E depois que ele sumiu, ela ainda ficou ali olhando para o céu através do vidro da pirâmide, dizendo adeus ao piloto, muito embora ela não pudesse dizer se aquele era o avião certo. Seja ou não seja, ainda há um piloto nele e todos os pilotos são provavelmente iguais no fim, usam o mesmo uniforme e fazem as mesmas coisas e têm amantes em lugares distantes, ainda que não sejam todos pilotos de combate que viram a morte agigantar-se numa nuvem sobre o horizonte e agora passem seus dias buscando no céu o martíni perfeito.

O vidro da pirâmide estava claro como cristal, pois logo no dia anterior fora limpo e ela viu seu reflexo nele. Pensou no Louvre e nas pinturas penduradas dentro dele e se perguntou se deveria entrar para vê-las. Então tentou esquecer-se das pinturas e do piloto e da pirâmide, dando as costas e seguindo para o sul ao longo do rio.

Fear escrevia com um dos lápis que Madame Jaffré havia mandado para ele pelo correio e que encontrara na sua caixa de correspondência no dia anterior.

São bons lápis, Fear. São da mesma marca que Nabokov usou para escrever *Lolita*. Talvez encontre uma ninfeta para colocar seus dedos em ação. Podem produzir qualquer letra que você quiser, até mesmo um e.

A garota que sempre sorria estava de pé ao seu lado. Era simples, seria sempre simples, mas estava radiante e sorria ao olhar para Fear, fazendo-o pensar que ela sabia tudo o que havia para saber sobre ele.

O que vai querer?

Pastis.

Terminou o café?

Terminei.

O café faz uma teia?

Ele acelera a teia que já está sendo feita por outra. É para aranhas em ação.

Você está em ação, Fear?

Ainda não sei. É possível.

Alguém estava à sua procura ontem.

Quem?

Não deixou o nome.

Como era?

Não parecia um amigo.

Deve ser Harm.

42

Agostini tinha o rosto colado contra o vidro do mausoléu e espiava lá dentro a fotografia numa moldura no chão.

A fotografia era de uma jovem que morrera num acidente nos anos 1920, e isto era explicado em tinta, púrpura com a passagem do tempo, numa caligrafia aracnóide — palavras no sentido de que ela fora cruelmente roubada do seu noivo quando atravessava uma rua.

Ela vestia uma roupa da época, e seus cabelos eram curtos e repartidos para um lado. Um colar comprido caía sobre seu peito. Era pequena, esguia e frágil e olhava de onde jazia numa moldura num túmulo como se estivesse fitando diretamente os olhos de Agostini. A fotografia era em preto e branco e desbotada pelo tempo, seus cantos tomados pela umidade, mas irradiava uma beleza que tirou o fôlego de Agostini.

Che bona!, sussurrou.

A garota e a fotografia e onde estava colocada eram tudo que o seu mundo não era — modestas, despretensiosas, privadas, ternas — e sentia sua força parado ali, imóvel, olhando para ela. Havia tirado a câmera da sacola e tentava encontrar o foco. Não havia luz suficiente e não podia usar o flash porque refletiria no vidro e estragaria a foto. O mausoléu estava desmantelado, a janela da porta estava rachada e a própria porta retorcida. Uma corrente fora presa a ela contra o lintel e trancada com um cadeado enferrujado. Agostini virou-se para verificar se havia alguém a observá-lo, pegou um pedaço de pau caído no chão e usou-o para forçar a corrente. A porta abriu-se com facilidade, e ele entrou. Segurou a câmera com as duas mãos, enquadrou e enfocou. E então tirou a foto. Ajoelhou-se e tirou outra em que a moldura enchia todo o quadro e depois deu um zoom e tirou um close do rosto da garota. Tirou mais fotos, terminou o rolo e recolocou a câmera na sacola.

Dentro da sacola estava o seu telefone celular, e depois que colocou a câmera o telefone tocou. Era Heinrich, seu agente.

Agostini lhe disse que estava ocupado e não era a ocasião adequada para falar, e Heinrich pediu desculpas por incomodá-lo. Não achava que estivesse trabalhando naquele dia e ficou surpreso e brincou com Agostini dizendo que se estivesse num trabalho teria de fazer uma comunicação a ele e, pelo tom de sua voz, Agostini sabia que não estava brincando. Depois perguntou a Agostini o número de Fear. Agostini perguntou-lhe por que queria o número, e Heinrich explicou que um produtor cinematográfico queria contatá-lo, por isso Agostini lhe deu o número e encerrou a conversa. Antes de guardar o telefone, ele o desligou para que não tocasse de novo.

Por que estou falando com meu agente de um túmulo no Père Lachaise?

Levantou-se do chão e olhou para a fotografia de novo. Então soprou um beijo para a garota que tinha morrido na rua antes de fechar lentamente a porta.

43

Fear estava sentado no terraço do café. Tinha visto Agostini subir a colina até o cemitério, rabiscado algumas anotações, tomado seu pastis, sentido o sol mergulhar um pouco no céu, o calor derretendo a calçada, o pastis invadindo suas entranhas com um calor agradável. Olhou para o romance sobre a mesa e sabia que o final lhe chegaria logo.

Dizer que qualquer coisa pode acontecer é enganar a nós mesmos, decidiu. Qualquer coisa está na mão do futuro, um ato mágico que podemos enxergar mas não podemos executar nós mesmos.

Acabou a bebida, pagou e voltou ao seu quarto para encontrar uma série de mensagens na sua secretária eletrônica. Harm disse que já tinha cansado de esperar, que sabia que Fear estava em Paris e que logo viria em busca do seu dinheiro. Madame Jaffré esperava que ele estivesse escrevendo, mas também queria saber quando iria pagar a sua parcela mensal da dívida bancária. Seu senhorio estava preocupado com o aluguel vencido. Salt queria vê-lo, presumivelmente para lhe dar os 500 dólares que lhe devia pela sinopse do filme. E Agostini disse que ficara preso durante uma hora num túmulo antes de ser liberado por um turista que passava.

Fear ficou feliz com Salt, mas sentiu um tremor de pânico ao pensar em Harm, a quem devia tanto. Sentia-se cansado e desorientado depois dos acontecimentos do dia e das mensagens telefônicas, por isso serviu-se outra dose de pastis e a bebeu enquanto olhava pela janela, decidindo o que fazer.

Terminou seu drinque e saiu do apartamento de novo. Começava a anoitecer e o ar refrescava. Desceu pela Rocket Street, passou pelas casas demolidas, pelos clochards e pela livraria de segunda mão e pelo açougue que fedia a galinha no espeto e que sempre o deixava nauseado na manhã, pelo bar dos motoqueiros com o gordo de macacões que já fora leão-de-chácara e pela livraria de livros novos e o padeiro com o poodle mal das pernas e o restaurante de couscous e outro restaurante e ainda outro e finalmente a loja onde sempre devia dinheiro.

Enquanto caminhava, pensou sobre si mesmo e o seu mundo e sabia que tudo o que tinha era a sua escrita, fosse ela boa ou ruim; sabia que era a única coisa que o fazia seguir em frente, além do dinheiro que Agostini lhe tinha dado e os quatro Lucky Lights num bolso no peito à altura do coração, que batia em algum lugar atrás do bolso superior. Puxou um cigarro e o acendeu com um fósforo que pediu a um estranho e continuou a caminhar para o oeste, para longe dos lugares que havia conhecido tão bem e dos vagabundos pedindo favores e não olhou para trás, nada tinha e nada era e sentia-se curiosamente animado, a rua o consolava com sua solidão hostil e arrogante, pois o que podia ser pior e o que podia ser melhor do que isso? Sabia que tudo o que jamais precisaria era um pastis e um cigarro e um pedaço de papel no qual não tivesse nada escrito. O que quer que fora antes, o que quer que se tornasse, não tinha a menor importância, tudo estava morto e enterrado, o passado era um livro de referência juntando poeira numa estante, o presente era um pedaço de papel em branco esperando para ser coberto de palavras, e o futuro era um vazio. Não existia e por que deveria existir, o que era uma quarta-feira depois de uma terça-feira quando ninguém, nem mesmo o presidente da república, podia ter a certeza de que o amanhã, como o jornal, seria entregue na sua porta.

Bonsoir, Monsieur? Comment ça va?

Très bien. Très bien, disse Fear, correndo e dobrando a esquina sem esperar para discutir a questão.

Sentia-se perfeitamente bem ao caminhar a passos largos pelo bulevar com o dinheiro na carteira e suas anotações e o lápis no bolso superior e os cigarros no outro bolso e uma sensação calorosa no coração e uma sensação refrescante no estômago que vinha do gelo que a garota sorridente colocara no seu pastis.

Vou fazer algum trabalho do outro lado do rio e vou inventar algum erotismo para acrescentar ao meu livro, pensou. Um livro erótico consiste de passagens eróticas, intercaladas com passagens não eróticas, de modo que as pessoas precisam procurar as partes que lhes agradam. Se for tudo erótico então não é mais erótico e assim como a modelo de Agostini se torna sensual à medida que coloca as roupas, eu vestirei minha narrativa e depois a despirei de novo quando sentir que chegou o momento certo. Isso é o que preciso garantir. E é melhor pensar sobre isso do outro lado do rio; vou atravessar a ponte e seguir para o outro lado a fim de pensar com mais clareza, porque o outro lado é o melhor lado e a margem direita tem mais fantasmas. Algo sempre bom me acontece quando chego à margem esquerda e existe sempre algo à minha espera, quer que tenha ou não me dado ao trabalho de buscar por isso.

Chegou a um café que conhecia e parou para um pastis. Depois caminhou até outro café. Leu suas notas e seus últimos capítulos, que tinha trazido consigo, enquanto tomava seu pastis, e a leitura e a bebida e a escrita se combinaram num movimento fluido que fazia sentido para ele.

E então continuou ao longo do bulevar Saint-Germain até que chegou à rue de Seine, onde virou à direita, até o bar do mercado. Escolheu uma mesa de calçada e observou as pessoas passarem de uma rua para a outra e sentiu-se tão bem como se poderia sentir enquanto o sol se punha, lançando seus raios para além da borda da mesa redonda à sua frente e ao longo da calçada, na forma de sombras finas e prolongadas. Olhava todas as pessoas que passavam, algumas de mãos dadas, algumas com as cabeças para o céu, outras olhando para seus pés e suas compras. Olhou para o seu trabalho. E então olhou para o seu copo e chamou o garçom e pediu outro drinque.

PARTE VI

44

Paris dificilmente muda. As mesmas pessoas passam de um lado para o outro, em diferentes disfarces, perdendo-se sob o seu telhado cinzento protetor. Eu olho e vejo as pessoas chegarem e saírem, usando-a como um palco em suas vidas para rememorarem, uma memória cheia das mesmas imagens, uma rua estreita que leva a um café vazio, uma ponte suspensa sobre um rio escurecido, um barco aparecendo entre as pilastras e espalhando a sua esteira de uma margem à outra. Um turista pára e captura a cidade com uma câmera, e a cidade captura o turista por algum tempo, levando-o pela mão e mostrando-lhe suas vistas, um pouco desgastadas, tão acostumadas a serem apontadas e serem apreciadas e, no entanto, satisfeitas com a idéia de se venderem àqueles que têm bastante dinheiro. Henry Miller chamou-a de puta. Eu a chamo de modelo, bonita de se ver, mas ansiando em segredo por fazer outra coisa com o seu tempo.

45

Rio acima, para o leste, Harm estava sentado no bar de sua propriedade, agora fechado pela polícia. Harm era holandês. Tinha vivido muitas vidas e agora vivia em Paris. Fear o conhecera em Londres muitos anos antes. Oferecera seus serviços como testemunha quando Harm foi acusado de roubar uma pintura. E quando foram para o bar depois, Harm disse a Fear que um dia lhe faria um favor em retribuição. Harm fora liberado porque descobriu-se que a pintura era falsa.

Você estaria na cadeia agora se soubesse alguma coisa sobre arte, dissera Fear a ele.

Harm ficara feliz de emprestar a Fear algum dinheiro e lhe emprestara um ano antes e lhe emprestara mais dinheiro depois. Mas quando a polícia cassou sua licença e fechou o seu bar, Harm percebeu que precisaria do dinheiro de volta para escapar de Paris. Então ligou para Fear e pediu-lhe o dinheiro de volta. E ligou de novo. E então perdeu a paciência com Fear porque achou que o estava evitando. Quando Harm o conhecera, Fear tinha dinheiro, e Harm achou que ele estava escondendo agora. E, se Fear não tivesse dinheiro, teria apenas de encontrá-lo. Não era problema de Harm. Só queria o seu de volta. Só isso.

Harm não encarava Fear necessariamente como um amigo. Não havia espaço para isso no momento. Talvez nunca tivesse havido e era certo que não havia agora. Além do mais, por que Harm deveria se virar para ganhar seu sustento enquanto Fear ficava sentado no seu apartamento escrevendo poesia? Ninguém devia escrever poesia quando devia dinheiro a outras pessoas, em especial a um amigo, ainda que não fossem mais amigos.

Assim, estava Harm sentado no bar, pensando como poderia conseguir o dinheiro de volta de Fear e como poderia escapar de Paris sem pagar a multa que lhe fora imposta pela polícia.

Na mesa à sua frente estava uma folha de papel cheia de algarismos, constituindo todo o dinheiro que Fear lhe devia. O primeiro empréstimo fora de 12.500 francos, que Fear disse precisar para pagar a todos aqueles de quem tomara emprestado no ano anterior. O segundo empréstimo, feito quase imediatamente após o primeiro, era de dez mil francos, e o empréstimo final, que correspondia aos melhores dias do bar, quando Harm ganhara mais dinheiro, era de trinta mil francos, perfazendo um total de 52.500 francos.

Ele pode ter-me ajudado uma vez, pensou Harm. E eu lhe paguei de volta. Agora me deve alguma coisa.

46

Fear ouvia a chuva caindo na clarabóia e nas pedras redondas do pátio e pensava em muitas coisas, no sublime e no ridículo, deitado na sua cama.

Olhou para o teto e depois desviou o olhar para a fina cortina que era apenas um velho lençol pendurado em dois ganchos acima da janela, de modo que a luz do pátio brilhava através dele como o sol, lançando uma claridade etérea dentro do quarto. Um carro passou e seguiu rua abaixo, mas a chuva o engoliu antes que chegasse ao quarteirão seguinte. E a chuva continuava caindo, cada vez mais forte, gotejando através das paredes do edifício numa panela que ele tinha colocado ao lado da cama, como as últimas balas de uma guerra sendo contadas num capacete.

A garrafa de pastis estava vazia e havia dois copos, um cheio até a metade, outro caído, quebrado, ao seu lado. Havia roupas jogadas pelo quarto, um par de sapatos descartados às pressas, uma saia pendurada sobre uma cadeira e, ao lado da garrafa de pastis, uma liga, com a camisa de Fear, seus botões espalhados no piso irregular de cerâmica. Mais adiante, havia páginas do manuscrito, algumas das quais haviam caído da mesa, e outras carregadas até a cama.

Ela arrancou todos os meus botões, disse para si mesmo. Cada um deles.

Estava imóvel e não havia muito que pudesse fazer. Ela havia amarrado seus pulsos juntos com uma de suas meias de seda e os atado à cabeceira da velha cama de ferro, e seus tornozelos estavam presos à outra extremidade. Sem o uísque e o pastis ele teria sem dúvida sentido dor considerável, pois ela havia providenciado para que ficasse amarrado com muita firmeza. Ele fora atado de forma eficaz, e seus pedidos para que o soltasse foram recebidos por nada mais do que um sorriso.

Ela sentou-se na cama, curvando-se para tomar um gole de pastis e colocar o cigarro no cinzeiro. Fear olhou para seus seios e a curvatura de suas costas e a nuca esculpida com perfeição, enquanto os cabelos longos e escuros caíam para a frente, ocultando seu rosto. E então ela se virou para ele.

Desenhou círculos com o dedo no seu peito e desceu o dedo pelo corpo para provocá-lo.

Ela pegara uma página do manuscrito do chão e a estava lendo e, ao fazer isso, começou a brincar com ele, desenhando círculos com o dedo indicador ao longo do seu torso. Sentiu a agudeza da sua unha comprida pintada na cor do sangue e, ao deslizar seu indicador por seu corpo até os quadris e as coxas e de volta, o corpo de Fear doía e agonizava com a espera. Quando ela baixou sua boca até o peito dele, era a sua língua agora que descrevia desenhos sobre sua pele. Sua pica estava impossivelmente dura quando a sua língua alcançou a ponta, e achou que ia gozar assim que ela a botasse na boca, mas de certo modo conteve o orgasmo, mandando-o de volta ao devido lugar, para voltar quando ele soubesse que nada na terra conseguiria controlá-lo.

Relaxe, Fear, sussurrou ela, afastando-se dele. Relaxe.

Ela pegou o cigarro do cinzeiro e debruçou-se para colocá-lo entre os lábios dele.

Que tal um drinque?, perguntou ele enquanto ela pegava o cigarro da sua boca e o deixava cair no copo vazio.

Acabou, respondeu ela.

Agora ela se colocou de quatro sobre ele, a página do manuscrito presa com firmeza na mão direita. A língua dele tentou alcançar o mamilo dela e tocou-o por um segundo, e seus lábios se encontraram num beijo superficial enquanto ela voltava a abaixar-se sobre o corpo dele. Provocou-o com a língua enquanto sua pica se esforçava para encontrá-la e então se sentou de pernas escarranchadas sobre ele. Deslizou com uma lentidão dolorosa sobre sua pica, e ele arquejou quando ela se sentou plenamente sobre o membro, movendo-se suavemente para cima e para baixo, fazendo a ponta aparecer nos lábios da sua vulva, reluzente com sua umidade, e púrpura de expectativa e desejo, o que o deixava sem fôlego.

Ela segurava a página do manuscrito e olhava para o teto. Então saiu de dentro dele e encarou-o nos olhos com um sorriso, espiando para a página e lendo dela.

Ele tentou puxá-la para si, beijá-la, mas ela continuou sentada sobre ele, olhando as paredes e o teto, a dor no seu corpo fazendo-o virar de um lado para o outro.

Ela se aproximou para beijar seu peito e então, muito lentamente, enfiou-se de novo dentro dele. A página do manuscrito estava agora amassada no punho dela e, ao mexer para cima e para baixo, ela pegava suas bolas em concha com a outra mão, com a unha acariciando sua pica enquanto aparecia junto à sua vulva. Colocou a página do manuscrito na boca e mastigou-a e Fear ergueu os olhos arregalados para ela, seu corpo inteiro retesando-se para controlar o jorro do seu orgasmo.

A chuva chegou mais rápida, e as balas caíram no capacete e nas pedras do pátio, e a luz que penetrava através do lençol criava uma sombra na parede, a sombra do corpo dela enquanto se mexia sobre ele, erguendo-se até a extremidade da sua pica e imobilizando naquela posição de modo que a pica pudesse ser vista sob ela, um facho de escuridão formando um ângulo com a parede. E enquanto ele olhava para ambos e a imagem que projetavam, ela começou a mexer com mais rapidez, uma mão sobre o estômago dele, outra atrás dela. A página do manuscrito caiu de sua boca e ela gritou, enquanto suas unhas penetravam na pele dele, a dor prendendo-o por um momento vazio, e só depois que ela gozou de novo, numa segunda onda prolongada, ele pôde, por fim, gozar dentro dela.

Ela esperou por um tempo, a cabeça erguida para o teto, e então, de forma muito abrupta, saiu de dentro dele. Levantou-se da cama e ficou parada de pé, olhando para ele. O prazer esvaziou-se do seu corpo e, ao passar, sentiu o avanço da dor em seus pulsos e tornozelos, tão pungente e profunda quanto o orgasmo que o havia consumido tão recentemente.

E então? Vai me soltar agora?

Ela acendeu outro cigarro, e Fear ergueu o olhar para ela, que soltou um anel de fumaça para o teto e virou-se para encará-lo. Seu corpo nu era emoldurado pela luminosidade do pátio, o arco de suas costas, o lado de um seio apanhado na sombra, e Fear maravilhou-se com a sua presença, pois agora ela parecia uma perfeita estranha para ele, desligada, distante, fugidia.

Ela virou-lhe as costas, e seu sorriso transformou-se num frágil risinho de satisfação ecoando pelas paredes do estúdio enquanto ela se debruçava para pegar outra página do manuscrito. Então ela se sentou na cama e, depois de ler as primeiras linhas da página, olhou casualmente para ele.

Mais tarde, Fear. Mais tarde. Afinal, por que essa pressa toda?

47

A chuva tinha parado, e Fear acordou, agitado pelo vazio e pelo silêncio no apartamento. Ela fora embora, e o odor remanescente do seu corpo que pairava sobre a cama e o travesseiro pareciam os únicos sinais de que ela estivera com ele.

Por uma vez, pelo menos, um sonho e um momento do tempo real se tornaram verdadeiramente indistinguíveis, pensou.

Ficou deitado, olhando para as manchas de umidade que se espalhavam pelas paredes e pelo teto, as estigmatas da passagem das estações e o presságio de outro outono em que ficariam ainda maiores. E imaginou a água se infiltrando cada vez mais no quarto até que o lugar todo se desintegrava, como um navio se quebrando numa praia distante.

Levantou-se e ficou sentado na cama por um tempo, esfregando a cabeça e olhando para o quarto, viu a garrafa vazia de pastis, os dois copos e o cinzeiro cheio de tocos de cigarro manchados com batom vermelho vivo, e só então soube que não estava sonhando. Abaixou-se para apanhar as páginas do seu manuscrito que estavam espalhadas a seus pés e colocou-as em ordem. Quando viu que faltava uma página, procurou no chão e na cama nervosamente. Estava amarrotada, rasgada e manchada de batom, e ele a desamassou antes de colocá-la com cuidado entre as outras. Viu um botão no chão e o apanhou e sacudiu a cabeça antes de deixá-lo cair a seus pés. Levantou-se e caminhou até a janela, espiando o pátio pelo canto da cortina. Ninguém se mexia do lado de fora, e sentiu-se tão sozinho no mundo quanto era possível sentir-se. O céu estava fino e branco, nem nublado nem aberto, apenas o tom neutro de um amanhecer de verão depois que a chuva veio e se foi e o sol se elevou sobre o horizonte.

Colocou os shorts que não eram seus e apertou-os com sua velha gravata. Carregou então os manuscritos para a mesa e sentou-se na sua cadeira e acendeu um cigarro. Colocou uma folha nova de papel e girou o rolo da máquina em seis espaços duplos.

A Garota de Pigalle estava na Pont des Arts de frente para o oeste e olhava para o céu enquanto o crepúsculo chegava. Viu o traço de uma imensa trilha de vapor se elevando acima de sua cabeça e, ao acompanhá-la, viu outra linha que a cruzava nitidamente, como um beijo num cartão-postal. Lembrou-se de estar parada na ponte com o piloto e o piloto pedir a um estranho para tirar a sua foto, e ela os viu juntos, o piloto abraçando-a e sorrindo e gritando para o estranho, explicando como a câmera funcionava, o eco de sua voz ainda subindo da ponte no ar claro do verão.

É muito simples de usar, gritou ele. Mas, ainda assim, você tem de segurar com firmeza.

Depois ela se afastou e caminhou até a Margem Esquerda, pegando a rue de Seine e subindo a rue de Buci. Parou num café e tomou um kir, depois tomou outro, mais rapidamente desta vez. Largou na mesa algumas moedas do dinheiro que o piloto lhe deixara e seguiu para outro café, sentando-se num canto e olhando pela janela. Bebeu outro kir e ficou sentada diante do copo vazio, e o tempo passou sem que ela notasse. E então um homem lhe pediu fogo.

Aqui está. Mas não fale comigo.

O homem pegou o isqueiro e lhe agradeceu, ela pagou e saiu, sem olhar para trás. Passou pelo hotel onde tinha feito amor com o piloto e pensou no papel de parede sem emenda e no jardim que era um labirinto em que duas pessoas podiam se perder.

Isto é amor, pensou. Perder-se juntos.

Desceu o bulevar e caminhou de volta para o rio. O céu era do azul mais profundo e pendia sobre Paris em toda a sua infinidade, iluminada por momentos fuzages pelos bateaux mouches que deslizavam, um a um, debaixo da ponte, turistas silenciosos espiando para cima e, depois deles, um grupo de notívagos, dançando desconjuntadamente à música que ecoava de um cais a outro. Ela continuou, um surto inesperado de alegria em seu passo ao se lembrar de um momento da adolescência, um beijo roubado atrás de um muro em algum lugar, e seguiu o bulevar Sebastopol até o bar americano.

Me prepare um martíni. Da maneira exata como preparou para o capitão, disse à amiga que trabalhava do outro lado do balcão.

Tomou o martíni e pediu outro, e um homem com sotaque começou a falar com ela. Não tinha comido o dia inteiro e sentia o gim gelado espalhar-se pelo corpo enquanto o fitava nos olhos.

"Nossas emoções recebem um enterro no mar. Com um barril de gim e uma bela xícara de chá.", dizia ele.

Qui êtes-vous? Ela ouviu a si mesma perguntando, incapaz de falar uma palavra de inglês.

Um estranho num bar tentando se aproveitar de uma garota que deve estar pensando num homem que ela ama, ou amou.

Américain?

Inglês. Americanos não tomam chá.

O homem pagou-lhe um martíni e, quando ela o terminou, dançou com ela ao som de uma canção que alguém tocou na jukebox. As luzes do bar giravam em círculos, e ela caiu nos seus braços. Ele a levou para fora e a beijou. Seus lábios pareceram estranhos e desconhecidos a ela, e a vingança e a culpa que sentia ao reagir a confundiam, e ela não sabia se o queria ou se fingia que o queria.

Levou-a pela mão a um hotel virando a esquina, e se beijaram e rasgaram suas roupas num quarto no alto do prédio. Deitou-se diante dele como se fosse um presente, e ele virou-a e penetrou-a por trás, e ela ergueu-se sobre os joelhos com a cabeça no travesseiro, enquanto ele agarrava seus quadris e a balançava para a frente e para trás sobre sua pica. Ela sentiu o remorso tomar conta de si, não quis gozar, mas quando ele gozou dentro dela, sentiu-se escapar para longe da dor que dilacerava seu coração, gritando e agarrando o lençol com as mãos.

O inglês adormeceu, e a Garota de Pigalle levantou-se e caminhou até a janela. Rompia a alvorada, e ela olhou para os lixeiros lá embaixo lavando as calçadas com mangueiras. Colocou suas roupas e saiu do quarto e caminhou através da place des Victoires, subindo para Pigalle e, ao dirigir-se para casa, a distração do amanhecer em Paris evaporou atrás de si, e tudo o que foi bom e tudo o que foi ruim na noite se perdeu, sumiu para sempre, varrido e lavado rua abaixo até a sarjeta. Subiu as escadas até o seu apartamento, e seu coração começou a se entristecer diante da idéia de ficar sozinha de novo no seu quarto. Abriu o armário suspenso ao lado da sua porta, mas a chave não estava escondida na fresta da parede. Vacilou por um momento, tomada de pânico. A porta da frente estava aberta.

Ele estava sentado na cama, fumando um cigarro, um sorriso espalhando-se pelo rosto. Não posso seguir numa missão dessas sem minha coqueteleira. E, além do mais, o avião teve problemas no motor.

A Garota de Pigalle ficou imobilizada, segurando a porta aberta atrás de si. E o piloto levantou-se da cama e a abraçou, fechando a porta com um chute.

Por que está chorando, garota? Não tem importância. Podemos ficar juntos de novo. Por um dia ou para sempre ou para nunca se você quiser.

Mas pensei que você tinha ido embora.

Eu também.

Vi o seu avião através da pirâmide e achei que era você. Eu
o vi desaparecer por trás dos edifícios. Meu coração foi com ele.
Ele já foi e nunca o terei de volta.

Seu coração ainda está com você. Não era o avião certo.

48

Fear datilografou a data na parte de baixo da última página, pouco abaixo do reencontro da Garota de Pigalle com o piloto e a batida final da porta do seu apartamento. Então datilografou a página do título. Decidiu criar um título que não tivesse um *e*, porque pareceria estranho se usasse um asterisco, e não queria escrevê-lo à mão. Nada podia fazer com relação a seu nome, mas já tinha decidido usar um pseudônimo.

Pensou sobre o tipo de nome que usaria e estudou as vantagens de usar um *nom de plume* de mulher, porque os leitores ficariam mais interessados num romance erótico escrito por uma mulher. Então percebeu que não funcionaria, porque os livros invariavelmente tinham fotos do autor na sobrecapa. Podia conseguir que Agostine lhe desse a foto de alguém, talvez da mulher que fora fotografar no cemitério, mas, depois de pensar bastante, decidira não complicar as coisas. Queria colocar "um romance erótico" na capa e pensou que um asterisco nesse contexto seria adequado. Sabia que existiam muitos romances publicados que tinham passagens eróticas que não eram necessariamente classificados como romances eróticos, mas esse romance era claramente erótico e não havia nenhum sentido em fugir do fato. Sua gerente de banco tinha sugerido que ele escrevesse um romance erótico, e foi o que ele fez. Ia entregá-lo a ela como tal e ter de volta o seu talão de cheques.

NOIT* *M PIGALL*

Um Romanc* *rótico

por

Mason Lin*

Mason Line soava tão improvável que lhe parecia perfeitamente convincente, e ficou contente com a maneira como aparecia na página, mesmo com asterisco.

Tinha uma cópia do manuscrito porque havia usado papel carbono, por isso pegou a cópia e amarrou-a com um pedaço de barbante. Esmagou seu cigarro e tomou uma ducha, lavando seus cabelos com o último pedaço de sabonete, que quebrou em sua mão e desapareceu pelo buraco do ralo. Ficou parado tremendo debaixo da água gélida e esfregou o corpo com as mãos para se limpar. Então se secou rapidamente, pegou seu velho terno de linho e se vestiu, tirando a gravata do short que não lhe pertencia e colocando-a ao redor do pescoço. Encontrou um lenço numa gaveta e dobrou no bolso superior, escovou os cabelos, olhando no espelho para verificar sua aparência. Lembrou-se do que seu pai lhe dissera para falar quando fazia a barba diante do espelho.

Onde é que eu entro?

Depois esfregou os sapatos com um trapo, pegou seu manuscrito, colocou numa sacola de plástico e saiu do prédio para a Rocket Street.

Salt estava à sua espera no café. Pegaram uma mesa nos fundos, que se dividia em cabinas, e Salt explicou tudo o que tinha de ser explicado para fazer Fear assinar o contrato. Você disse que queria em dinheiro, falou Salt. Queira assinar aqui as duas cópias.

Fear pegou a caneta que Salt lhe ofereceu e leu o contrato enquanto Salt ficava sentado impaciente a sua frente. É um contrato padrão, Fear.

Não existe tal coisa, replicou Fear.

Quando havia lido o contrato inteiro, assinou onde indicado, deu a Salt uma cópia e guardou a outra para si mesmo. Então Salt lhe deu um envelope pardo com dinheiro dentro.

Pode contar se quiser. Está tudo aí. Os 500 dólares que lhe devo pelo roteiro mais dez mil que lhe estou dando, não no primeiro dia da filmagem, mas agora, como um ato de boa-fé. Isso faz 10.500 dólares, que, convertidos em francos, são 52.500.

Boa-fé? Você está me comprando, Salt. Isto não é boa-fé. Isto são bons negócios.

Salt sorriu e Fear contou o dinheiro. Sim, está tudo aqui. Obrigado.

Bem, obrigado a você por uma idéia realmente ótima. Quero dizer, uma garota dos anos 1990 apaixonando-se por um astro do cinema mudo. Perfeito.

Buster Keaton não era apenas um astro de cinema, Salt.

Tem razão. Mas poderíamos ter de fazer algumas mudanças. Não temos muita certeza quanto ao namorado ciumento seguindo a garota através da tela de cinema e sendo escorraçado de Hollywood pelos Keystone Cops. Ou a esposa de Buster Keaton se perdendo em Paris. Vamos manter *O Sonho Divino* como um título provisório. Mas vamos manter o imitador de Buster Keaton como o homem do projetor.

E quanto ao script?

Eles vão precisar de um nome famoso.

Eu tenho um nome.

Claro que você tem. Mas sabe como é que a coisa funciona.

Sim, eu sei. Alguém pertinente, talvez?

Salt levantou-se da mesa. Estendeu a mão e Fear apertou-a sem se levantar. Então ele partiu.

Tenho agora 52.500 francos e um romance erótico a mais do que tinha uma hora atrás, ele pensou, sorvendo o seu pastis e olhando pela porta do café enquanto Salt desaparecia na Rocket Street. Ainda tinha o envelope pardo aberto numa mão debaixo da mesa e o dinheiro na outra, e olhou para o dinheiro por um longo tempo antes de colocá-lo de volta no envelope.

Olá, Fear? O que é que rola?

Era Harm.

Achei que você estaria aqui, disse ele. Se não estava no seu apartamento.

Olá, Harm.

Harm sentou-se ao lado de Fear. Tinha visto o dinheiro.

Sim, eu devia ter lhe telefonado, Harm. Mas sabe como é que são as coisas.

Sim.

São 52 mil, não é?

Cinqüenta e dois mil e quinhentos.

Está tudo aí. Pode contar se quiser.

49

Fear sabia como as coisas funcionavam. Não havia nada que pudesse fazer. Tentar reagir seria interferir com a natureza, e quando você interferia com a natureza, sua vida não valia o papel em que estava impressa. Assim, apenas levantou-se da mesa depois de dar a Harm seu dinheiro e saiu do café.

Estava quente como sempre quando saiu para a Rocket Street. Parou por um momento e tirou o lenço que havia colocado no bolso e enxugou o suor de sua têmpora. Algo caiu com o lenço, e ele se abaixou para ver o que era. Era o bilhete de loteria. Estava exatamente no mesmo local onde estivera quando ele o descobrira antes. E lá estava, uma vez mais, caído na sarjeta. Nunca lhe pertencera e agora estava de volta ao seu lugar, um número perdedor jogado fora por um estranho.

Caminhou até o rio e parou na ponte, olhando para o céu e pensando no piloto. Nunca havia conhecido um piloto, mas fora amigo de um veterano do Vietnã quando havia morado em Nova York, dez anos antes. O veterano tinha uma maneira de atravessá-lo com o olhar; o que ele vira na guerra nublava tudo o que ele dizia e tudo o que fazia. Tinha um bom senso de humor, mas uma tristeza permanente na sua expressão, mesmo quando sorria. Havia dito a Fear que nunca seria capaz de amar de novo, e Fear acreditara nele. Quando criou o piloto, Fear lembrou-se do veterano e decidiu fazer dele um homem que não era mais capaz de se entregar ao amor. E foi isso que a Garota de Pigalle acabou entendendo.

Ele quisera que o piloto voltasse ao apartamento, ele os juntara de novo, mas estava claro que o piloto partiria de novo e nunca mais voltaria. Pegaria sua coqueteleira, colocaria seu quepe e sairia do apartamento, e a Garota de Pigalle ficaria onde estava, longe da janela, para que não tivesse de vê-lo ao entrar no táxi.

Atravessou a ponte e subiu até a rue des Écoles, pensando sobre Salt e a idéia que lhe vendera. Parou diante do cinema, olhou o cartaz de um novo filme e lembrou uma vez mais como havia caminhado pelas ruas de Paris pensando no que Salt lhe dissera.

Quero dar às pessoas o que elas desejam.

Era perfeitamente lógico que as pessoas queriam aquilo que elas não podiam ter. Queriam ver uma certa quantidade de dinheiro sendo gasta, amor sendo feito, sangue sendo derramado. Queriam ser voyeurs num mundo que tinha as mesmas regras que o seu, mas era habitado por pessoas imaginárias, pessoas corajosas e brilhantes que não ligavam para o que os outros pensassem delas. Queriam um buraco de fechadura para um outro mundo que fosse brutal, solitário e fugaz, cheio de heróis e heroínas que falavam em voz alta, enchendo a tela com desejo e ambição, arquétipos que haviam escapados à banalidade da vida cotidiana e se projetavam na ilusão dos filmes. Estes eram os ícones de uma certa era, criaturas transitórias e efêmeras que nunca tinham de se preocupar com gerentes de banco e senhorios, que nunca demonstravam insegurança, cujas vidas reais conforme relatadas nas entrevistas que davam, pareciam ainda mais fictícias do que as vidas que assumiam a fim de serem "pertinentes" o suficiente.

Afastou-se do cinema e continuou em direção de Saint Germain. Era meio-dia e não havia nenhuma sombra para protegê-lo. Continuou caminhando, a sacola com o manuscrito agarrada fortemente numa mão, um cigarro na outra, e, quando entrou no banco, Madame Jaffré estava à sua mesa, olhando no seu computador, exatamente como a imaginara.

50

A tsunami é uma onda que resulta de terremotos no fundo do mar, ocasionados pelo movimento das placas tectônicas. Pode ser alta como um edifício e viajar na velocidade de um avião. Em primeiro de abril de 1946, uma tsunami de mais de 15 metros de altura viajou 3.600 quilômetros em quatro horas e trinta e quatro minutos, numa velocidade média de 784 quilômetros por hora.

Encontrei essa informação enquanto lia o jornal na noite passada. Não estou segura que devesse acreditar necessariamente em tudo que a gente lê nos jornais, e acho os dados um tanto espantosos, mas gosto da idéia da tsunami correndo pelo oceano.

Imaginei sendo levada na crista de uma tsunami do estado de Washington, onde nasci, até a baía de Akashi, cavalgando sua crista branca e protegendo a minha testa do sol com a mão enquanto cruzava o Pacífico. Lembrei-me de estar na praia quando garota e olhar para onde o sol mergulhava abaixo do horizonte e perguntar a meus pais aonde ele ia e assim, curiosamente, é como vejo minha morte. Sempre que ela vem para me levar consigo, uma jornada para além da borda do mundo até um lugar de paz infinita e prazeres desconhecidos.

Estava deitada em meu apartamento, pensando meio em voz alta, conversando, não necessariamente comigo mesma mas com minha outra metade, com aquela interlocutora invisível com quem compartilhei tantas vidas, aquela pessoa que podia ser eu ou a sombra de mim. Pois o que constitui a existência se não uma conversa de ponta-cabeça entre nós mesmos e nosso reflexo? Na minha cama, tão tarde da noite, eu nada mais ouvia do que a ausência do som, e além dele, ou dentro dele, uma voz quieta e pequena que não passava de um sussurro, a prova de que eu estava viva, de que algum organismo oculto implorava perguntas a mim.

Às vezes sinto que minha imaginação está falhando, como um músculo que foi puxado pelos rigores da minha vida acordada e produtiva, mas o presente em geral me salva, descubro que ainda posso me perder dentro do seu abraço volúvel. É um tempo que, por mais escasso e implacável, ainda me oferece alegrias simples — uma vodca com tônica, uma página de um livro, uma caminhada ao crepúsculo, uma visão do sol caindo com nitidez entre dois edifícios, um pensamento congelado por um rosto que sorri para mim das profundezas ocultas de uma tela de computador.

Nasci e fui criada no noroeste do Pacífico e me mudei ou fugi ou corri para São Francisco em meados dos anos 1970. Fui garçonete, ganhei um dinheiro em gorjetas, tomei LSD e me apaixonei por Paris, na forma de um francês minúsculo com o sorriso encantador e um sotaque absurdo, chamado Hubert Jaffré.

Hubert Hubert queria ser Yves Klein, era um artista de inteligência ilimitada e talento limitado e atravessou as águas imponderáveis da existência sempre receoso de se afogar, embora a água quase nunca chegasse acima dos seus joelhos. A vida para ele era um enigma, que tentava resolver por meio da abstração da arte, mas a sua arte era claramente abstrata demais e, enquanto pelo menos o mítico Yves empregava o azul, o Desafortunado Hubert escolheu o preto como se, dentro de seu tédio inflexível, conseguisse encontrar uma iluminação oposta, pois acreditava com fervor no princípio dos opostos, quando muito.

Estou sendo injusta. Mas agora sou uma pessoa diferente da novata de olhos brilhantes que se interessava por quase tudo e que viu nos olhos de um francês um romance lendário que a levaria até Paris e ao mundo habitado por Hemingway, Miller e Zelda Fitzgerald, embora o primeiro e a última tivessem há muito tempo sido transportados para a baía de Akashi quando eu entrei em cena. Zelda sempre foi uma favorita e ainda é porque na sua escrita vejo as observações perfeitamente oportunas de uma mulher oscilando entre a lucidez e a loucura. Devo ter lido uma ou duas histórias em voz alta para meu displicente francês na esperança de animá-lo para uma visão mais humorada da vida, mas onde Zelda triunfou, eu fracassei.

Hubert Hubert e eu logo entramos no que é chamado de casamento de conveniência, uma infeliz colisão de idéias que resultou num Green Card para Hubert, que de maneira um tanto precipitada (mas não inconveniente) decidiu que o Novo Mundo era, bem, novo demais para ele. O fortuito foi que, enquanto ele ganhou permissão para *se instalar*, como tão esquisitamente definiu, no lar dos bravos, eu mereci (mereci é o termo apropriado neste contexto) o direito inalienável de fazer o mesmo na França.

Fui para Paris, no rastro escorregadio de Hubert, por despeito, tédio e aquele sentimento calvinista de maldade que a oportunidade exigia, sem mencionar o fato de que Zelda e a turma indicavam o caminho. O prestimoso Hubert recebeu-me de braços abertos e vivemos juntos em perfeita infelicidade durante dois anos, o bastante para que eu aprendesse as manhas, por assim dizer. O tio do Influente Hubert me conseguiu um emprego num banco, vejam só, de modo que, quando o Cupido pediu seu depósito de volta, eu estava em posição de me virar sozinha. Quanto ao Humilde Hubert, continuou a produzir pinturas que aparentemente ninguém entendia, sofrendo muito, mas não o bastante para produzir qualquer coisa interessante. Ainda o vejo de vez em quando. A última vez que nos encontramos, falamos daquelas noites de verão em Union Square, em 1978, do amor que nos unira e daquela jovial ingenuidade que fazia a vida parar e a arte parecer a promessa de todas as coisas. Com freqüência me pergunto se ele acordará uma manhã para descobrir que é realmente Yves Klein. E, quando isso acontecer, o *vide* vai atropelá-lo como um caminhão.

51

Aceitei o emprego no banco como teria aceito um emprego de garçonete ou qualquer outra coisa, tanto fazia; era apenas um meio de ganhar dinheiro. Achei que podia durar um ano ou pouco mais, mas vi o tempo passar numa velocidade que jamais podia ter imaginado. Assim que meu francês ficou fluente, descobri que meu talento inato para números e uma memória não abalada pelos excessos da minha juventude significavam que me tornei estranhamente indispensável. Digo estranhamente porque, se alguém me dissesse que era isto que eu acabaria fazendo, eu lhe teria dito que tinha uma idéia ainda mais clara do absurdo do que mesmo a pobre Zelda. Resumindo, me promoveram, colocando-me numa posição de responsabilidade, lidando com clientes e cuidando de suas contas. Meu predecessor nesta agência na Margem Esquerda, Antonio Pires, foi colocado de lado e eu tomei o seu assento na primavera, transferindo-me de uma agência do outro lado do rio. Fear foi um dos primeiros clientes que encontrei. Quando me disse que era escritor, sugeri que escrevesse algo comercial para resolver seus problemas financeiros. Para meu espanto, ele o fez.

Cheguei a conhecê-lo muito bem, muito melhor do que insinuei nesta narrativa. Passamos aquela noite juntos depois do nosso drinque no Armistice. Falamos de muitas coisas e ele me contou sobre sua vida, seu trabalho e seus amores, sobre Salt, Harm e Gisèle e seu amigo Agostini, abrindo seu coração para mim à medida que a noite avançava. Disse que nunca falava sobre seu trabalho a ninguém e se perguntou por que o fez para mim. Fiquei comovida, é claro. Gostei dele, gostei da sua sinceridade e da sua capacidade de se explicar, como se estivesse defendendo sua vida, como se tivesse sido atacado de certo modo por ser quem era. Falei a ele do livro de haicais e, quando mencionei a baía de Akashi, ele disse que era o tema principal no livro que estava escrevendo. Naturalmente achei aquilo uma coincidência extraordinária, mas ele me corrigiu.

O senhor Pires me deu um CD de música de fado, contou-me. Não tenho nenhum interesse em música de fado e não tenho nenhum aparelho de CD, a propósito, mas eu queria lhe dar algo em troca que fosse precioso para mim. Por isso eu lhe dei o livro de haicais, já que conheço a maioria de cor.

Fui a primeira a ler o romance erótico de Fear e fiquei honrada quando vi que o havia dedicado a mim. Gostei do livro por suas fraquezas, bem como por suas virtudes, e por tudo que aprendi sobre o homem que o havia escrito. Ele devia estar apaixonado pela Garota de Pigalle. Por que teria fantasiado tanto em relação ao fato de ela estar com outra pessoa?

O livro foi um sucesso, ou pelo menos teve sucesso o bastante para que ele deixasse Paris por uns tempos. Voltou ao banco um mês atrás para pagar sua dívida e me levar para almoçar.

Você foi generosa comigo. Você entende mais do que a maioria.

Lembro cada detalhe daquela noite que passamos juntos. Talvez eu tenha sido tímida em não descrevê-la em mais detalhes. Era inevitável que voltássemos ao seu quarto depois do jantar? Provavelmente. Estava ansioso para que eu lesse passagens do seu livro, mas se queria mesmo que eu o amarrasse, isso já era outra questão. Para ser perfeitamente franca, Fear não era um amante notável. Faltava-lhe imaginação. No entanto, era sem dúvida agradável, ou pelo menos tão agradável quanto um escritor pode ser enquanto rouba segredos seus. Mas então, não é isso que uma banqueira faz quando ela não está roubando seu dinheiro?

Este livro foi composto na tipologia Carmina LT
BT, em corpo 10,5/16, e impresso em papel off-
white 90g/m², no Sistema Cameron da Divisão
Gráfica da Distribuidora Record.